아 버 지 의 ★ 해 방 일 지

KB075489

아버지의 해방일지

초판 1쇄 발행 • 2022년 9월 2일
초판 42쇄 발행 • 2024년 11월 1일

지은이 / 정지아
펴낸이 / 염종선
책임편집 / 이진혁
조판 / 박아경
펴낸곳 / (주)창비
등록 / 1986년 8월 5일 제85호
주소 / 10881 경기도 파주시 회동길 184
전화 / 031-955-3333
팩시밀리 / 영업 031-955-3399 · 편집 031-955-3400
홈페이지 / www.changbi.com
전자우편 / lit@changbi.com

ⓒ 정지아 2022
ISBN 978-89-364-3883-8 03810

* 이 도서는 한국문화예술위원회의 2018년도 아르코문학창작기금
  지원사업에 선정되어 발간된 작품입니다.

아버지의 ★ 해방일지

정지아

장편소설

창비

차례

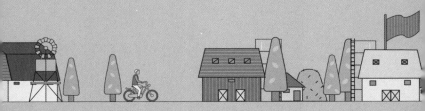

*

　아버지가 죽었다. 전봇대에 머리를 박고. 평생을 정색하고 살아온 아버지가 전봇대에 머리를 박고 진지 일색의 삶을 마감한 것이다.

　만우절은 아니었다. 만우절이라 한들 그런 장난이나 유머가 오가는 집안도 아니었다. 유머라니. 유머는 우리 집안에서 일종의 금기였다. 그렇다고 유머가 없었던 것은 아니다. 누가 봐도 유머일 수밖에 없고 유머여야 하는 순간에도 내 부모는 혁명을 목전에 둔 혁명가처럼 진지했고, 그게 사람들의 웃음을 자아냈다. 그러니 우리 집안에 유머가 있었다기보다 혁명을 목전에 둔 듯 진지한 그들의 어떤 행위나 삶의 방식이 유머일 수밖에 없었다는 게 더 정확하겠다. 원인이야 어찌 됐든 웃기긴 했다. 이를테면 이런 식.

　내가 고등학교에 다니던 어느 겨울방학이었다. 전직 빨치산이었던 내 아버지 고상욱씨는 이십년 가까운 감옥살이를 마친 뒤 자본주의의 중심 서울로 향하지 않고 버스도 다니지 않는, 심지어 전기도 들어오지 않는 고향에 터를 잡았다. 자본주의의 적인 사회주의를 신봉하는 자가 아직 자본의 맛도 보지 못한 깡촌을 택하다니 이 또한 코미디다. 하지만 독재정권 치하에서 사회주의자가 갈 곳이 어디 있었겠는가. 환갑을 바라보는 나이에 아버지는 초짜 농부가 되었다. 사회주의자로서의 아버지는 제법 근사할 때도 있었으나 농부로서의 아버지는 젬병이었다. 사회주의자답게 의식만 앞선 농부였다. 아버지는 일삼아 『새농민』을 탐독했고 『새농민』의 정보에 따라 파종을 하고 김을 매고 거름을 주었다. 어머니는 그런 아버지의 농사를 '문자농사'라 일축했다.

　"새농민이 원제 김을 매라고 하먼 풀이 암만, 허고 그때꺼정 잘도 지둘레주겠소. 새농민이 뭐라거나 말거나 풀이 나먼 난 대로 뽑아야제, 워디 농사가 문자로 지어진답디까?"

어머니가 아무리 잔소리를 해도 문자에 대한 아버지의 절대적인 확신은 흔들리지 않았다. 문자에 대한 확신으로 아버지는 『공산당 선언』을 읽었고 사회주의자가 되었을 테다.

"전문가들이 오죽이 잘 알아서 써놨겠어!"

어머니는 혀를 차며, 아버지가 돋보기를 낀 채 『새농민』이나 각종 영농서적에 코를 박고 있는 사이, 호미를 들고 밭으로 나섰다.

어머니의 손길이 닿으면 그나마 덜했지만 문자로 짓는 아버지의 농사는 번번이 망했고, 그해 겨울에도 내 부모는 망한 농사의 후유증으로 남은 벌레 먹은 밤을 일삼아 까는 것으로 기나긴 겨울을 견디는 중이었다. 산 그림자가 거뭇거뭇 손바닥만 한 마을을 점령하는 와중에 사상과 관련된 것을 제외하면 인내심이라고는 눈곱만큼도 없어 밤 까다 말고 엉덩이에 좀이 쑤셔 마실을 나갔던 아버지가 웬 여인네 하나를 꽁무니에 달고 왔다.

오가는 것이라곤 바람뿐 적적하기 짝이 없는 산골 겨울에 물릴 대로 물려 있던 나는 드디어 아버지가 한눈이라도 팔았나, 나에게 배다른 형제자매라도 생기는 것은 아닌가, 흥미진진한 연속극을 지켜보는 심정으로, 기왕이면 한 재산 뚝 떼어줄, 가진 것 많은 작은어머니를 고대하며 빼꼼 방문을 열었다. 애개, 광주리를 인 그 여인네는 인물로나 몸매로나 차림새로나 작은어머니감으로는 턱도 없이 부족하여 어머니의 상대가 되지 않을 듯했다. 그 여인은 말하자면 민중의 전형과 같은 생김새였고 나는 취향마저 빼도 박도 못하게 사회주의자인 아버지에게 다소 실망하여 찬바람에 진저리를 치면서 냉큼 문을 닫았다.

간 큰 아버지는 어머니에게는 들려준 바 없는 다정한 목소리로 여인네를 안방으로 이끌었다. 아버지가 환갑 다 되어 난생처음 장만한 시골집은 코딱지만 한 방 두개뿐이라 안방에서 오가는 대화가 귀에 대고 속삭이는 양 환히 들렸다.

"소쿠리를 팔러 왔는디 그만 나갈 때를 놓쳤다마. 엄동설한에 워디서 잘 것이여. 당산나무 밑에서 코를 빼고 앉었는 것을 나가 우리 집서 자자고 델꼬 왔네. 후딱 밥부텀 채리소."

"참말 죄송시럽그만이라. 따신 방은 무신, 외양간이라도 좋응게 하룻밤 신세 쪼까 지었어라."

인물은 박색이었으나 방물장수의 목소리는 갓 지은 찰밥처럼 좌르르 윤기가 흘렀다. 사회주의자고 뭐고 남자란 죄 야들야들한 암컷 앞에서 흐물흐물 녹아나는 모양이었다. 안방에 쫑긋 귀를 세운 채 나는, 그렇다면 사회주의보다 더 강력한 것은 인간의 본성이 아닌가, 지금 생각해봐도 지극히 현실적인 결론을 뇌세포에 각인했다. 그러니까다시 말하면 콩 심은 데 반드시 콩이 나는 것은 아닌 법이다. 뼛속까지 사회주의자인 아버지의 피를 받고 그런 아버지의 교육을 받았지만 나는 어디까지나 현실주의자다. 남들에게는 빼도 박도 못하는 빨치산의 딸이겠지만.

"외양간은 무신. 방이 두개나 되는디. 내 집이다 생각허고 편히 쉬씨요. 뭐 흔가. 후딱 상 안 채리고!"

아버지의 호통은 나지막한 신음으로 막을 내렸다. 보나마나 어머니가 아버지의 허벅지를 슬몃 꼬집었을 터였다. 나 주려고 허리 통증 참아가며 실로 꿰지도 않고 선반에 얹어 하루에도 수십번씩 뒤집어 말린 곶감을, 비 한방울 맞을까 비 오면 밭일하다 말고 한달음에 달려와 소중히 거둬들인 그 곶감을, 아버지가 눈치도 없이 집에 드나드는 아무에게나 맛이나 보라며 넙죽넙죽 집어줄 때도 어머니는 어김없이 슬몃 아버지의 허벅지를 꼬집곤 했다.

"나 잠 봅시다."

곧 두 양반이 내 방으로 건너왔다.

"밥이야 채리겠제만 잠은 딴 디서 자라고 허씨요. 우리 집이 방이 워딨소? 아래 성님댁에 빈 방 많찮애라."

행여 손님이 들을세라 어머니는 아버지 귓가에 다소곳이 속삭였다. 신기(神氣)라고 해도 무방할 지경의 예민한 감각으로 국방군의 포위 직전 아지트를 빠져나와 곡성군 당을 살렸다는 전설 속의 혁명가 아버지는 국방군이나 경찰이 포위하지 않는 한 조심성이란 눈곱만큼도 없어 어머니가 귓전에 속삭이는 의미를 알지 못하고 부르르 진저리를 치면서 귀를 쏙쏙 비비고는 큰소리로 받아쳤다.

"우리 집이 방이 왜 없어? 야랑 자면 되잖애?"

"아이고, 다 들겄소. 워디서 자고 댕긴 줄도 모르는 여자를 워치케 야하고 재운다요? 베룩이라도 옮으면 워쩔라고."

일주일이 멀다고 부엌 천장의 그을음을 일일이 숟가락으로 닥닥 긁어내야 직성이 풀리는 깔끔쟁이 어머니는 낯 모르는 여인네의 벼룩이 문제였던 것이다. 그런 어머니를 아버지는 근엄하게 내려다보았다. 그리고 이렇게 말했다.

"자네, 지리산서 멋을 위해 목심을 걸었능가? 민중을 위해서 아니었능가? 저이가 바로 자네가 목숨 걸고 지킬라 했던 민중이여, 민중!"

아버지의 눈빛은, 누군가 사진으로 그 찰나를 포착했다면, 처형 직전의 독립운동가나 학살당한 동지의 시신을 목도한 혁명가라 해도 믿을 만큼 진지하다 못해 비장했다. 내가 풋, 웃음을 터뜨리려는 찰나, 어머니가 꽁무니를 내리고 조용히 방을 나갔다. 열일곱의 나는, 방물장수 하룻밤 재우는 일에 민중을 끌어들이는 아버지나 그 말에 냉큼 꼬리를 내리는, 꼬리를 내리다 못해 죄의식에 얼굴을 붉히는 어머니나, 그때 읽고 있던 까뮈의 『이방인』보다 더 낯설었다.

그날 어머니는, 허리가 아파 평소 된장찌개와 김치밖에 내놓지 않던 어머니는, 찬장에 고이 모셔둔 새 접시까지 총동원하여 당신으로서는 최대한의 극진한 식사와 잠자리를 대접했다, 민중에게.

아버지의 민중이 그날 밤 내게 남긴 것은 벼룩이었다. 대신 가져간 것은 서까래에 매달아놓은 마늘 반접이었다. 나는 한달 가까이 북북 몸을 긁으며 민중을 욕하다가, 혁명가를 탓하다가, 그러다가 불현듯, 낄낄 웃음을 터뜨리곤 했다. 사라진 마늘 반접이 내 부모의 진지에 대한 통렬한 배신처럼 느껴진 까닭이었다. 그러나 배신당한 당사자들은 나와 달리 배신이라고는 절대로 생각하지 않았다.

오죽하면 그깟 것을, 두고두고 안타까워했을 뿐이다. 배신당했다고 분해하기는커녕 그렇기 때문에 더더욱 민중이 마늘 반접 따위 훔치지 않고도 배곯지 않는 새로운 세상을 꿈꾸었다. 그 방물장수 여인네가 마늘 반접과 맞바꾼 코티분을 주근깨 오종종한 얼굴 위에 허옇게 두드리고 돈 많은 늙은 영감탱이라도 후리러 출동하지 않았다고, 그 누가 장담할 수 있겠는가. 그러나 내 부모는 그럴 가능성은 꿈에도 생각하지 않는 순수한 사회주의자였다. 물정 모르는 촌뜨기였다.

돌이켜보면 감옥살이를 마치고 현실로 복귀한 뒤 내 부모의 삶은 일거수일투족이 그러했다. 내 아버지는 정치적으로만 사회주의자가 아니었다. 시도 때도 없이 사회주의자였다. 말했다시피 초짜 농부인 아버지는 일에 관해서라면 조금의 인내심도 없었다. 풀 방구리에 쥐 드나들듯 아버지는 시간마다 집에 와 소주 한잔을 마시고 신문을 몇줄 읽고 다시 밭으로 나갔다. 집에 올 때마다 아버지는 온갖 야생 식물의 씨앗과 먼지와 흙을 몸에 달고 왔다. 어머니는 아버지가 마당에 들어서는 순간 달려 나와 옷을 털어라, 양말을 벗어라, 손발을 씻어라, 잔소리를 늘어놓았다. 그러거나 말거나 사회주의자답게 담대한 아버지는 바지를 두어번 툭툭 털고는 거침없이 방으로 들어갔다.

"아이고, 개헌티 이만히 말을 했어도 알아들었겠소. 옷 털고 손 씻는 것이 멋이 월매나 힘들다고 번번이 속을 뒤집는가, 나가 참말 복장이 터져서 못 살겠소."

어머니는 종종걸음으로 뒤를 따르며 아버지의 몸에서 떨어진 풀씨와 먼지를 일일이 손으로 쓸어 담았다. 태연하게 그 모습을 지켜보던 아버지는 어머니의 잔소리가 도를 넘는다 싶을 즈음, 신문을 촤악 펼치며 일갈했다.

"알고 봉게 당신은 사회주의자가 아니구만."

옷 털고 손 좀 닦자는데 웬 사회주의? 나는 하도 어이가 없어 읽고 있던 니체를 내려놓고 아버지를 주시했다.

"사회주의의 기본은 뭐여?"

속도 없는 어머니, 아는 것 나왔다고 냉큼 알은척을 하고 나섰다.

"그야 유물론이제라."

"글제! 글면, 머리는 뒀다 뭣혀! 생각혀봐. 사람은 하나님이 여개 사람이 있어라, 고런 시답잖은 말 한마디 했다고 하늘서 뚝 떨어진 것이 아니고 먼지로부터 시작됐다 이 말이여. 긍게 자네가 시방 쓸고 담고 악다구니를 허는 것이 다 우리 인간의 시원 아니겄어? 사회주의자는 일상에서부텀 유물론자로 살아야 하는 법이여."

시원(始原)이라니. 국졸 아버지 입에서 방언처럼 터져 나온 고급 어휘에 나는 실소를 금치 못했다. 먼지에서 유물론으로의 비약은 좀 심했다 싶었는지 어머니도 이번에는 그냥 국으로 엎드려 있지는 않았다. 최소한 쩍 ─ 소리는 냈다. 아이고, 말은 청산유수제, 고거 생각해낼 시간에 옷이나 한번 털제,라고 돌아서면서, 아버지에게는 들리지 않게 고시랑고시랑했던 것이다.

바짓가랑이에 붙은 먼지 한톨조차 인간의 시원이라 중히 여겨 함부로 털어내지 않았던 사회주의자 아버지는 마침내 그 시원으로 돌아갔다. 전봇대에 머리를 박고, 참으로 아버지답게. 마지막까지 유머러스하게. 물론 본인은 전봇대에 머리를 박는 그 순간에도 전봇대가 앞을 가로막고 서 있다고는 믿지 않았을 것이다. 민중의 한걸음, 한걸음이 쌓여 인류의 역사를 바꾼다는 진지한 마음으로 아버지는 진지하게 한발을 내디뎠을 것이다. 다만 거기, 전봇대가 서 있었을 뿐이다. 무심하게, 하필이면 거기. 이런 젠장.

*

　인부 서넛이 흰 국화 장식을 들고 조문실로 들어왔다. 어머니가 고른 이십만원짜리였다. 내가 백만원짜리를 선택하자 어머니는 여전히 눈물을 뚝뚝 흘리며,

　"아이, 죽으면 썩어문드러질 몸땡이, 비싼 꽃으로 처바르면 뭐 할 것이냐."

　사회주의자답게 유물론적인 결론을 내린 뒤 나를 향해 눈을 흘기고는 기어이 제일 싼 장식을 골랐다. 이 대학 저 대학 떠도는 고작 보따리 장사일 뿐이긴 하지만 아버지 가는 길, 난생처음 호화로웠으면 싶었고 통장을 탈탈 털면 그만한 여력이 없는 것도 아니었으나 나는 그냥 어머니 뜻에 따르기로 했다. 무슨 주의란 게 원래 그런 것인지, 내 부모만 유독 그런 것인지, 아버지나 어머니나 더하고 덜할 것도 없이 고집이 쇠심줄보다 질겼다. 그 고집을 꺾을 자신도 없거니와 사회주의자끼리는 통하는 것이 있을 테니 아버지도 서운치는 않을 거란 계산속이었다.

　인부들 뒤로 황사장이 빼꼼 얼굴을 내밀었다.

　"어이, 동상."

　황사장이란 불과 한시간 전 인사를 나눈, 이 장례식장

의 공동 사장 세 명 중 한 명이었다. 인구 이만 칠천의 좁은 동네답게, 알고 보니 황사장은 사촌오빠의 동창이자 아버지를 이곳으로 모시자고 극구 주장한 아버지의 정치적 동료 — 그러니까 채 백명도 되지 않는 이 동네 민노당원 — 인 박동식씨의, 피를 나누지는 않았으나 피를 나눈 것과 진배없는 절친한 동생이었다. 아버지의 영정사진을 작년에 미리 준비한 선견지명도 있는 박동식씨는 어제 처음 만났는데, 자기가 내 아버지를 삼촌으로 모셨으니 나도 자기를 오빠로 모셔야 한다며 십년은 본 듯이 곰살맞게 굴었다. 어머니도 당연히 그래야 한다는 듯 평소보다 과장되게 고개를 끄덕이는 바람에 나는 아버지 임종 직전 팔자에 없는 오라버니를 두게 되었고, 그러니까 족보를 따지자면 한시간 전에 만난 황사장 또한 나의 오라버니가 되는 셈이었다. 혈육 하나를 보내고 둘을 얻었으니 손해본 장사는 아니라고 해야 할지 어째야 할지, 나는 한시간 전에 오라버니가 되고 만 황사장을 멀거니 바라보았다.

"어머님헌티 인사나 쪼까 드릴라고."

말은 여전히 반토막이었다. 하기야 보자마자 말을 놓은 자가 한시간 뒤라고 말을 높일까. 평소라면 언제 봤다고 반말입니까, 동지섣달 칼바람처럼 쏘아붙였을 것이나 여기는 내 부모의 고향, 그것도 하필 아버지가 간 날, 나 생긴 대로 막 놀아날 수는 없었다. 나는 고분고분 말 잘 듣는 누이동생처럼 다소곳이 어머니를 불렀다.

머리를 다친 아버지가 의식을 잃고 순천의 종합병원으로 옮겨질 때도, 생사를 가르는 수술을 결정할 때도, 어머니는 눈물 한방울 떨구지 않았다. 수술을 하면 목숨은 살릴 수 있다는 의사의 말을 어머니는 그 진의까지 정확하게, 그러니까 목숨은,의 은이라는 조사의 독특한 사용까지 정확하게 이해했다. 잠시 침묵이 흐른 뒤 어머니는 의사에게 물었다.

"의사 선상 같으먼, 긍게 의사 선상 아부지라먼, 의사 선상은 워쩔라요?"

의사 선생도 보통내기는 아니었다. 다소 거북스러웠을 어머니의 질문에 의사는 표정 하나 바꾸지 않고 받아쳤다.

"식물인간으로 누워 있는 영감님이라도 계속 보고 싶을 만큼 사랑하시면 수술해야죠."

수술이 성공해봤자 식물인간이라는 의미였다. 나는 말한마디의 책임마저 지지 않으려는, 서울 말씨 똑 부러지는 의사가 거슬렸으나 어머니는 그딴 것에는 신경도 쓰지 않았다. 핵심만 중요한 사회주의자답게. 사소한 일상 따위 돌아보지 않는 사회주의자답게.

"의식도 없는디 그거이 먼 사람이다요. 안 할라요."

쿨한 사회주의자의 쿨한 답변에 쿨한 서울 의사는 쿨하게 돌아섰다. 그리고 아버지는 뇌압 때문에 뇌간이 눌려 숨을 멈출 때까지 일주일에서 열흘은 걸릴 거라던 의사의 예언과 달리 반나절도 지나지 않아 목숨줄을 놓았다. 술이 과하다 싶을 때마다 어머니는 물려줄 것도 없는 자식에게 병수발까지 시키고 싶냐며 으름장을 놓았다. 그때마다 아버지는 소리를 버럭 질렀다.

"그 지갱이 되믄 쎗바닥을 칵 깨물고 죽어불제 살아 있가니!"

아버지는 본디 약속을 칼같이 지키는 사람이었다. 죽음을 앞두고도 그랬다. 병수발 들 겨를도 없이 아버지는 떠났다. 그것도 내가 긴 병수발을 위한 준비물품을 가지러 잠시 나간 사이에.

아버지의 시신이 우리보다 늦게 장례식장에 도착한 뒤에야 어머니는 죽음을 실감했는지 눈물 바람이었다.

"엄마, 여기 사장님께서 좀 보자시네."

하도 울어 진이 빠진 어머니는 넋도 다소 나가 내 말을 단박에 알아차리지 못했다. 황사장이 넙죽, 어리둥절한 어머니 앞에 큰절을 올렸다. 어머니는 울다 말고 허둥지둥 맞절을 했다. 고개를 드는 황사장의 눈이 촉촉하게 젖어 있었다.

"고 선상님을 잘 알그마요."

그제야 어머니의 눈빛에서 경계가 사라졌다. 사회주의자답지 않게 어머니는 낯선 사람, 낯선 것에 대해 경계가 심하다. 어머니에게는 익숙한 것 오래된 것이 좋은 것이다. 그중 가장 익숙하고 좋은 것이 사회주의이고 동지들일 뿐이다. 어머니는 몇시간 전 세상 떠난 아버지가 북한을 비판하면 파르르 날을 세우던, 누가 보면 천생 사회주의자였다. 그런데 기실 어머니의 사회주의란 첫사랑, 좀더 풀어쓰자면 여자도 공부를 할 수 있는 세상, 가난한 자도 인간 대접받는 세상에 불과했다. 신자유주의 대한민국도 그 정도는 해준다. 그러니까 어머니에게 사회주의란 그저 지나간 첫 남자가, 지나갔음으로 가장 그리운, 뭐 그런 것이라고 봐도 무방하다. 섧게 울던 어머니는 눈 촉촉이 젖은 황사장을 그 이상의 촉촉한 눈빛으로 응시했다. 아직은 약간의 경계를 품고.

"우리 바깥양반을 워치케 아까요? 영감 아는 사람은 나도 다 아는디……"

"한 십년 전에 한번 찾아뵀어라. 아부지 소식을 아싱가 허고."

어머니 눈에 반짝 생기가 돌았다. 그 그립고 간절한 날들로 돌아갈 계기가 생긴 탓일 터였다.

"아부지 함자가 워찌 되시는디?"

"황 길짜, 수짜 되싱마요."

"황길수……"

지나간 세월이 바삭바삭 잘 말라 몇점 먼지로나 흩어져 있다고 믿는 것인지 어머니의 시선이 허공을 더듬었다. 타임머신을 타고 지리산으로 돌아가는 일종의 신호와 같은 동작이었다. 어머니의 머릿속에서는 이미 죽은 수많은 자들이 하나둘 싱싱하게 살아나고 있을 것이었다.

"그런 이름은 모르겄는디…… 산에서는 가명들을 썼웅게. 워느 멘 출신이시까?"

"간전 무수내 태생이신디 아매 모리실 것잉마요. 고 선상님 말씸 들어봉게 여순 직후에 바로 총 맞고 시상 뜨셨다대요. 피아골로 이동할라고 섬진강 도강허다 총을 맞으셨당마요."

민중이었던 방물장수와의 하룻밤 동침도 내켜하지 않았던 어머니가 낯선 사내의 손을 덥석 잡고는 한없이 다

22

정하게 토닥였다. 어렸던 그때도 지금도 나는 저러한 급작스러운 전이가 도무지 이해되질 않는다. 사상이란 저렇듯 느닷없이 타인을 포용하게 만드는 대단한 것일까. 내 부모에게는 그랬을지 모른다. 그러나 나는 저 느닷없는 친밀감과 포용이 퍼스트 클래스에 탄 돈 많은 자들끼리의 유대감과 별반 다르게 느껴지지 않았다.

"월매나 고생이 많았으까…… 아부지도 읎이."

"그 세월을 워치케 말로 다 하겄어라. 이 집 저 집 다님시로……"

어머니에게 손을 잡힌 황사장의 어깨가 들썩거렸다. 남의 장례식장에 와서 평생의 제 상처를 위로받고 있는 듯했다.

"오죽했겄어라. 암말 안 해도 다 아요. 우리덜 모다 고런 시상을 살았응게. 참말 고생 많았소. 아부지 원망도 많이 했제라?"

"에레서는 철없이 그랬그만요. 내 피를 싹 바꿔부렀으먼 싶고 그랬제라. 근디 나도 늙고 봉게 우리 아부지가 워쩐 사람이었능가 궁금허기도 허고 그려서 고 선상님을 찾아뵌 것이그마요."

처음 만난 어머니와 황사장은 그의 아버지가 사회주의

자였다는 단 하나로 모든 벽을 뛰어넘어 돈독한 정을 나누고 있었다. 수도꼭지라도 튼 듯 쏟아지는 헤픈 눈물이 어쩐지 미덥지 않기도 하였으나 나는 또다시 방관자가 되기로 했다. 황사장 덕분에 어머니가 아버지의 죽음으로부터 잠시 놓여나기도 했거니와 어쩌면 진정으로 위로받는 사람은 황사장이 아니라 어머니일지도 모르기 때문이었다. 지금은 뭐 하고 사냐, 결혼은 했느냐, 자식은 몇이냐, 호구조사가 이어지고, 그사이 아버지의 영정은 흰 국화에 둘러싸였다. 살아생전 꽃 따위 쳐다보지도 않았던 아버지였다.

아니다, 생각해보니. 가을 녘 아버지 지게에는 다래나 으름 말고도 빨갛게 익은 맹감이 서너가지 꽂혀 있곤 했다. 연자줏빛 들국화 몇송이가 아버지 겨드랑이 부근에서 수줍게 고개를 까닥인 때도 있었다. 먹지도 못할 맹감이나 들국화를 꺾을 때 아버지는 무슨 생각을 했을까? 뼛속까지 사회주의자인 아버지도 그것들을 보고 있노라면 바위처럼 굳건한 마음 한가닥이 말랑말랑 녹아들어 오래전의 풋사랑 같은 것이 흘러넘쳤을지 모른다는 데 생각이 미치자 아버지 숨이 끊기고 처음으로 핑 눈물이 돌았다. 사회주의자 아닌 아버지를 나는 알지 못한다. 그러니까 나는 아버지를 안다고는 할 수 없는 것이다. 나오려던 눈물이 쏙 들어갔다.

———

*

영정 속 아버지를 봤다. 영정 속,이라는 말이 이제 다시 실물로 볼 수 없다는 실감을 불러일으켜, 나는 잠시 감상에 젖었다. 그러나 영정 속의 아버지는 언제나처럼 개인적인 감상 따위 부끄럽게 만드는 단호한 눈빛으로 허공을 응시하고 있을 뿐이었다. 아버지 앞에 서면 언제나 이런 기분이었다. 좋은 옷, 예쁜 치마, 화장품, 머리 모양, 내 또래 여자아이들의 소소한 화제들을 입 밖으로 꺼내는 것이, 그런 것에서 행복을 느끼는 것이, 참으로 한심하고 부끄럽게 느껴졌다. 통일과 혁명, 인류의 진보, 그런 화제가 아닌 어떤 이야기도 아버지 앞에서 꺼내면 안 될 것 같았던 시절이, 꽤 긴 시절이 있었다. 어쩐지 좀 억울해서 나는 영정 속 아버지를 노려본다. 그거사 니 사정이제, 나가 머라고 했간디, 아버지는 딴청을 피우는 듯했다. 영정 속 아버지의 왼쪽 눈동자는 정면을, 오른쪽 눈동자는 45도 오른쪽을 보고 있었다.

아버지는 사시였다. 그래서 아버지가 대체 무엇을 보고 있는지 가늠하기 어려웠다. 무엇도 보고 있지 않은 듯도 했고, 이면을 꿰뚫어보는 듯도 했다. 대부분 나처럼 사시인 아버지의 응시를 불편해했다. 사시가 된 것은 물론 아버지의 잘못이 아니었다.

아버지는 1948년 초, 5·10 단선반대 유인물을 살포하다 경찰에 붙잡혔다. 경찰은 아버지 성기에 전선을 꽂고 전기고문을 했다. 전기고문은 사시 말고도 또다른 후유증을 남겼다. 그날 이후 아버지는 아이를 가질 수 없는 몸이 되었다. 그런데도 아버지는 말했다.

"고문 중에 젤 쉬운 것이 전기고문이다. 금방 기절해붕게."

고등학생이었던 내가 물었다.

"어떤 고문이 젤 고통스러운데?"

"물 젖은 담요를 뒤집어씌워가꼬 딱 기절 안 할 맨치 몽둥이로 계속 때리면 참말 죽을 맛이제. 고로코롬 때리면 멍도 안 들어야."

아버지는 정면을 바라보는 것인지 45도 오른쪽을 바라보는 것인지 알 수 없는 시선으로 답했다. 그럴 때의 아버지는 평소처럼 무표정하기는 했지만 어쩐지 약간 신이 난 듯도 보였다. 고통스러운 기억을 신이 나서 말할 수도 있다는 것을 마흔 넘어서야 이해했다. 고통도 슬픔도 지나간 것, 다시 올 수 없는 것, 전기고문의 고통을 견딘 그날은 아버지의 기억 속에서 찬란한 젊음의 순간이었을 것이다.

전기고문으로 아버지의 정자는 활동성을 잃었고, 병원에서는 임신 불가 판정을 내렸다. 어느 날 아버지는 장터 주막에서 지리산에서 죽은 동지의 형을 만났다. 그는 한의사였다. 이런저런 안부를 주고받다 아이를 가질 수 없다고 토로했더니 한의사가 약 한제를 지어주었다. 믿거나 말거나 그 약을 먹고 내가 태어났다. 그날 이후 최씨 성을 가진 그 한의사는 우리 집안의 명의로 등극했다. 어쩌면 진짜 명의였을지도 모른다. 삼년 넘게 나를 괴롭힌 생리통을 약 한제로 멈춘 것도 그였다.

고등학교 일학년 때 나는 아버지로부터 내 탄생의 비화를 들었다. 그만큼 네가 귀한 존재라나 뭐라나. 공부 안 하고 엇나가는 나를 다독이려는 의도였을 것이다. 하지만 나는 내가 이 세상에 허락되지 않은 존재처럼 느껴졌다. 이브가 뱀의 꼬임에 넘어가 선악과를 먹은 뒤로 인류의 고통이 시작됐듯 아버지가 최 약방의 꼬임에 넘어가 한약을 먹는 바람에 나의 고통이 시작되었다,고 열일곱의 나는 믿었다. 그 무렵 읍내 오거리에서 최 약방 아저씨를 만난 적이 있다. 환갑 넘어 눈도 안 좋았을 그는, 스스로 지은 약을 먹고 개안한 것인지 눈이 나보다 밝아, 저 멀리서 나를 보며 만면에 웃음을 띤 채 걸음을 재촉했다. 나는 나를 이 세상에 불러낸 원흉을 일별도 하고 싶지 않아 재빨리 골목길로 접어들었다.

나중에야 알았다. 그에게 동생이 하나뿐이었다는 걸, 일찍 어머니를 잃어 그가 업어 키운 아들 같은 동생이었다는 걸, 그 동생이 아버지 바로 곁에서 총에 맞아 죽었다는 걸, 자기 몫까지 잘 살라는 동생의 유언을 그에게 전해준 사람이 내 아버지였다는 걸. 그날 이후 아버지는 그에게 동생 대신이었다. 그러니 나는 동생이 살아 있었다면 용돈 쥐여주며 귀여워했을 조카였던 셈이다. 그 마음 쌩깐 것이 늙어서야 마음에 걸렸다. 그래봤자 그때 그는 이미 이 세상 사람이 아니었다. 나도 모르게 영원히 지워지지 않을 마음의 상처를 준 사람이 그만은 아닐 것이다. 인간이란 이렇게나 미욱하다. 아버지도 그랬다.

1982년 5월 15일, 타지에서 학교에 다니던 나는 주말이

28

라 집에 들렀다. 저녁을 먹을 즈음 미스코리아 선발대회가 방영되고 있었다. 아버지와 나는 금세 밥을 먹었고, 위가 안 좋았던 어머니는 한숟갈 먹을 때마다 백번을 헤아리며 씹는 중이었다. 아버지는 흑백화면 속의 젊고 아리따운 여인들에게는 아무 관심도 없어 흐린 형광등 아래 신문을 읽느라 여념이 없었다. 백번을 세며 밥을 먹던 어머니는 화면 속 여인들이 부러운 모양이었다.

"아이고, 우리 아리도 저런 데 나가보면 쓰겄다."

개 이름 같은 아리는 내 이름이다. 아버지가 활동했던 백아산의 아, 어머니가 활동했던 지리산의 리,를 딴 이름 덕분에 나는 숱한 홍역을 치렀다(사실 아버지가 주로 활동한 곳은 백아산보다는 백운산이었다. 그런데도 백아산의 아를 따온 것은 백운산의 백이나 운이 여자아이 이름으로는 적합하지 않다는, 그러니까 제 아무리 남녀평등을 주장했다 한들 반봉건시대에 태어나 가부장제의 그늘을 아주 벗어나지는 못한 반봉건적 사유의 발로였던 것이다). 학교에서나 관공서에서나 고아리, 내 이름을 말하면 아유, 이름이 참 예쁘네, 얼굴도 참…… 하면서 나를 쳐다보았고 이내 말줄임표가 뒤따랐다. 나는 아리라는 이름 따위는 상상조차 되지 않는 딱 벌어진 어깨에 소도 때려

잡을 듯 강건한 육체를 지닌, 그러니까 혁명전사의 딸에 참으로 걸맞은 육체의 소유자였던 것이다. 흔한 경숙이 혜숙이 같은 이름이었다면 감당하지 않아도 되었을 당황과 모멸의 순간을, 나는 당신들의 청춘을 기념하고자 했던 부모 덕분에 어쩔 수 없이 감당하며 살아왔고, 살아내는 중이었다.

아무튼 미스코리아에 나가보면 좋겠다는 말을 나는 흘려들었다. 아무리 어렸어도 그런 정도의 착각을 할 만큼 멍청이는 아니었다. 그런데 신문을 보던 아버지가 큰소리로 혀를 찼다.

"쯧! 자네는 어린애한테 사기를 치고 그러나!"

그 말이 호기심을 자극했다. 나는 제법 냉철하여 내가 예쁘지 않다는 정도는 알고 있었다. 내 부모는 내가 어려서부터 눈에 띄는 색깔의 옷을 사준 적이 없었고, 당신들 또한 갈아입을 옷 한벌만 있으면 충분하다고 믿는 사람들이었다. 아버지는 감옥에서 나온 뒤 서울 친척들이 입다 버린 옷만 받아 입었다. 그래서 일할 때도 와이셔츠에 양복바지 차림이었다. 여기저기 감물 든 흰색 와이셔츠를 입고 밤을 줍던 아버지 모습이 아직도 눈에 선하다.

부모를 닮고자 의도한 것은 아니었으나 그런 것만 보

고 자란 나도 별반 다르지 않았다. 외모에 관심이 전혀 없었다는 의미다. 그래도 아버지 말을 들으니 갑자기 내 외모의 수준이 궁금하기는 하였다. 해서 물었다.

"내 외모가 그럼 어느 정도인데요?"

아버지는 텔레비전 화면 속의 심사위원들처럼, 어디를 보는지 알 수 없는, 그래서 더 냉정한 눈빛으로 내 전신을 천천히, 내가 정말 미스코리아 대회라도 나간 양 긴장될 정도로 천천히 훑어보았다. 그러고는 혀를 차며 신문으로 시선을 돌렸다.

"쯧! 하의 상은 되겠다."

하의 상, 상중하로 나눈 중에서 하의 상, 그러니까 9등급 중에 7등급이라는 뜻이었다. 아버지 똑 닮은 나는 생각했다. 아버지가 아무리 객관적이라고 해도 딸이니 한 등급 정도는 올렸을 테지. 내 외모는 객관적으로 9등급 중에 8등급이구나.

아버지는 그렇게 말해서는 안 되었다. 말로 천냥 빚도 갚는다고 하지 않는가. 사람들이 왜 화장을 하겠느냐, 옷발이라는 말이 왜 존재하겠느냐 등등…… 아버지가 할 수 있었던 수많은 말이 있었다. 그렇게 딸의 가슴에 대못을 박는 말 말고도.

아버지의 냉정한 평가 이후로 나는 외모에 관심을, 그렇지 않아도 없던 관심을 완전히 끊었다. 서른셋까지 색조화장은커녕 기초화장도 하지 않았다. 친구들은 돈이 없어서라고 생각했겠지만 실상은 아버지의 말을 굳게 믿어서였다. 하의 상이 화장해봤자지, 호박에 줄 긋는다고 수박 되나, 화장품 살 돈이 있으면 술이나 마시자, 뭐 그런 마음이었다.

솔직히 고백하자면 하의 상이라는 아버지 평가에 나는 상처받지 않았다. 그러려니 했을 뿐이다. 그런데도 두고두고 아버지 말이 머릿속에 맴돌았다. 그날, 아버지와 내가 무언가를, 사람 살이에 아주 중요할지도 모르는 무언가를 놓친 것 같다는 막연한 느낌 때문이었다. 그게 무엇인지 아직도 모르겠다. 영정 속 아버지는 여전히 그거사니 사정이제, 나가 머라고 했간디, 천연덕스럽게 시치미를 떼고 있을 뿐이었다.

*

누구에게나 사정이 있다. 아버지에게는 아버지의 사정

이, 나에게는 나의 사정이, 작은아버지에게는 작은아버지의 사정이. 어떤 사정은 자신밖에는 알지 못하고, 또 어떤 사정은 자기 자신조차 알지 못한다. 그런 생각을 하며 나는 휴대전화를 찾았다. 충전하려고 콘센트에 꽂아두었던 전화기가 어디서도 보이지 않았다. 유선전화로 내 휴대전화 번호를 눌렀다. 한참 만에야 젊은 남자가 전화를 받았다. 어느 콘센트에 꽂았는지도 기억나는데 귀신이 곡할 노릇이었다.

"전화기 주인인데 어디서 주우셨을까요?"

"아, 주운 게 아니고요. 아버지가 주셨는데요."

"아버님 함자가……"

묻다가 깨달았다. 민노당원 박동식씨. 병원에서 장례식장까지 함께 있었던 건 그이뿐이었다. 내 휴대전화를 자기 것으로 착각해 가져간 듯했다. 부고를 알려야 하는데 낭패였다.

"아버님 좀 바꿔주시겠어요?"

"지금 주무시는데요."

어제 오후부터 새벽까지 병원 수속이며 장례 뒤처리를 하느라 눈을 붙이지 못했으니 피곤하기도 할 터였다. 잠깐이라도 눈을 붙이게 둬야 할 것 같았다. 아버지 편에 전화기를 보내달라 부탁하고 전화를 끊었다.

　기억나는 전화번호가 몇 되지 않았다. 다행히 이십년 넘게 바뀌지 않은 작은집 전화번호는 오랫동안 전화를 한 적이 없는데도 선명하게 기억났다. 예전 우리 집 번호와 끝자리 하나만 달라서일 것이다. 여섯시 반, 작은엄마는 일을 나갔을 테고 작은아버지는 아직 깨지 않았을 확률이 높았다. 일생의 하루, 살아남은 마지막 형제가 간 날, 새벽잠을 방해했다고 해서 화를 내진 않겠지. 뜻밖에 벨이 울리자마자 작은아버지가 잠기운도 술기운도 없는 말짱한 목소리로 전화를 받았다.

　"아리예요. 아버지가 오늘 새벽 한시에 돌아가셨어요."

　정적이 흘렀다. 아버지가 치매 환자긴 했지만 주의 깊게 보지 않으면 알 수 없는 정도라 급작스러운 사망이었다. 그런데 작은아버지는 무슨 소리냐고 되묻지 않았고, 왜 죽었냐고 묻지도 않았다.

　"산림조합 장례식장에 모셨어요."

　말이 끝나자마자 전화가 툭 끊겼다. 평생 원수였던 사람이 죽었다는 소식을 들은 기분은 어떨까? 세상 전체가 나를 적으로 삼은 것 같다고 느낀 적도 있고, 이데올로기가 나의 적이라고 느낀 적도 있었지만 구체적인 사람을 적으로 삼아본 적 없는 나로서는 짐작하기 어려웠다.

아버지는 작은아버지의 원수였다. 작은아버지는 아버지 때문에 국민학교도 마치지 못했다. 엄밀하게 말하면 아버지 때문은 아니었다. 여순사건이 나고 14연대가 지리산으로 입산한 뒤 행여 빨치산에게 먹을 것을 제공하거나 도움을 줄까봐 산골 마을들은 다 소개당했다. 빨갱이였던 아버지 집만 소개당한 게 아니었다. 그러니 국민학생이던 작은아버지가 학교도 다니지 못한 채 친척집을 전전하게 된 건 시절 탓이지 아버지 탓은 아닌 것이다. 그러나 작은아버지는 집안이 망한 것도, 자신이 배우지 못한 것도, 할아버지가 군인 손에 죽은 것도 다 아버지 탓이라 여겼다.

감옥에서 나온 아버지가 고향 반내골로 돌아왔을 때 작은아버지는 고개를 외로 꼰 채 말도 섞지 않았다. 고구마나 수수 같은, 우리 집에서 키우지 않는 작물을 할머니가 우리 집에 갖다준 걸 알기라도 하면 작은아버지는 소주 됫병을 벌컥벌컥 들이켜고는 고주망태가 되었다. 그런 막내아들의 심기를 건드리기는 싫고, 집안에서 제일 잘나 군당위원장까지 한, 시절 잘못 만나 평생 감옥에서 썩은 불쌍한 둘째에게 뭐라도 갖다주고 싶기는 하고, 할머니는 작은아버지가 취해서 쓰러지거나 장에 간 틈을 타 생쥐처럼 은밀하게 우리 집으로 숨어들었다. 할머니는 내 첫 기억에서부터 허리가 기역자로 꺾여 있었다. 무거운 것을 들지 못하니 잔꾀를 써서 망태에 새끼줄을 연결하고는 그걸 허리에 질끈 묶은 채 질질 끌며 우리 집으로 왔다. 이가 하나도 없어 합죽이였던 할머니는 허리끈을 풀지도 못한 채 마루에 털썩 주저앉으며 내 머리를 쓰다듬고 합죽합죽 웃었다. 할머니의 망태에는 수수나 조가, 고구마나 감자가, 때로는 다슬기나 올벼가 담겨 있었다. 할머니가 합죽합죽 웃으면 아버지는 버럭 화를 냈다.

"상호 알면 워쩔라고 또 가꼬 왔소! 지발 좀 가꼬 오지 말랑게 말도 징허게도 안 듣소이!"

"우리 귀헌 새끼 묵으라고 가꼬 왔제."

아버지가 뭐라거나 말거나 할머니는 합죽합죽 웃으며 내 머리만 자꾸 쓰다듬었다. 내 기억 속의 할머니는 늘 웃고 있고, 작은아버지는 늘 화를 낸다. 작은아버지가 우리 집까지 달려와 화를 낸 것도 여러차례였다.

1974년 여름, 그러니까 내가 열살 되던 해였다. 방학 중이었을 것이다. 어머니가 부채질을 해줘도 땀이 식지 않는 그런 날이었다. 견디다 못한 우리 식구는 찐 감자 몇개를 바구니에 담아 다리 밑으로 나갔다. 물가는 한결 시원

해 다리 그늘 아래는 어지간한 더위도 견딜 만했기 때문
이다. 다리 밑은 온 동네 사람들이 몰려들어 이미 만원이
었다. 진작 나와 있던 할머니가 어머니와 나를 잡아끈 덕
분에 우리는 햇살이 비켜나고 있던 일곱시 방향에 자리
를 잡을 수 있었다. 남자들의 권위가 하늘을 찌르던 시대
였으나 그래도 그늘은 아이와 여자들의 차지였다. 그늘에
간신히 몸을 걸치고 다리에는 땡볕을 맞고 있던 한씨 아
저씨가 연신 부채질을 하며 한마디 했다.

"미국도 어지간히 더운갑서이."

물에 뛰어들려고 훌렁훌렁 옷을 벗던 아버지가 무슨
소린가 하고 돌아보았다.

"못 들었능가? 퍼벅인가 머신가, 유명한 여류작가가 카
메라 앞에서 지 머리에 총을 쏴가꼬 죽어뿌렀다등마. 하
도 더웅게 미쳐부렀능갑제."

가만히나 있지, 틀린 것 못 참는 아버지는 퍼벅이 누군
지 귀신같이 알아들었다.

"먼 소리여? 펄벅은 작년에 늙어서 죽었는디."

"퍼벅인가 펄벅인가 나야 모르제. 상호가 글든디?"

돌이켜보니 그 시절엔 낭만도 있었다. 시골 무지렁이들
입에서 펄벅의 죽음이 오가다니. 아무튼 할머니 옆에서

삶은 감자를 먹고 있던 작은아버지가 고개를 번쩍 들었다. 그늘 밑이었는데도 나는 작은아버지의 얼굴이 막 농약 친 고춧잎처럼 반짝거린다고 생각했다.

"오늘 조선일보에서 나가 봤그마."

그 시절 자전거 탄 우체부가 신문을 배달하는 반내골에서 오늘 신문이란 당연히 전날 신문이었다. 아버지가 물속으로 텀벙텀벙 걸어가며 무심히 비수를 던졌다.

"잘못 봤겄제."

고기 잡는 솜씨라고는 일곱살 먹은 조카보다 못한 주제에 아버지는 어설프게 투망을 던지며 이내 물놀이에 심취했다. 나는 작은아버지가 입술을 자근자근 깨무는 모습을 가슴 졸이며 지켜보았다. 작은아버지는 손에 쥔 감자를 집어던지고는 냅다 집을 향해 달리기 시작했다. 그리고 돌아오지 않았다. 작은아버지가 틀렸구나, 어린 나도 짐작했다.

다음 날 첫새벽, 고함소리에 방문을 열었더니 아버지는 마루에 망부석처럼 앉아 있고, 취해서 비틀거리는 작은아버지가 아버지를 향해 삿대질을 하고 있었다.

"니는 그리 잘나서 집안 말아묵었냐? 집안 다 말아묵고 넘의 인생 망친 놈이 가마니로 가만히나 있제 멋이 잘났

다고 멀쩡한 사람을 뱅신 맹글고 지랄이여 지랄이! 동상
뱅신 만들고 잠이 처오드냐?"

작은아버지의 손에는 소주병이 들려 있었고, 삿대질을
할 때마다 맑은 소주가 출렁거리며 쏟아졌다. 어느 순간
우리 집 작은 마당에 아침의 첫 햇살이 쏟아져내렸다. 마
당으로 쿨렁쿨렁 쏟아지는 소주에도 햇살은 어김없이 내
리꽂혔다. 소주병이 튕겨낸 찬란한 빛이 술에 절여진 작
은아버지의 몸을 에워싸는 듯했다. 그 빛에 쏘이기라도
한 양 작은아버지는 순식간에 뒤로 쾅하고 넘어져 마당에
대자로 뻗었다.

그날 나는 이장 집에 가서 조선일보를 샅샅이 뒤졌다.
그리고 작은 단신 하나를 찾아냈다.

"지난 7월 15일 미국의 유명 아나운서 크리스틴 처벅이
방송 도중 권총을 꺼내 자신의 머리에 쏴서 자살했다."

처벅은 퍼벅이 되고 퍼벅은 펄벅이 되었다. 작은아버지
가 처벅이라고 했는지 퍼벅이라고 했는지 펄벅이라고 했
는지는 알 수 없다. 유명한 작가라는 말을 덧붙인 것은 사
실이다. 한글도 모르는 한씨 아저씨가 펄벅이 유명한 작
가라는 것을 알 리는 만무하니까. 그렇다면 동생이 형을
향해 삿대질을 하게 만든 이 사건은 누구의 잘못인가? 열

살의 나는 미간에 주름이 잡히도록 신문을 쏘아보며 고민에 잠겼다. 그런 날이 있었다.

작은아버지는 늘 이런 식이었다. 신문을 열심히 읽지만 뭔가를 잘못 읽거나 자의적으로 해석하여 꼭 낭패를 보았고, 그 낭패를 다 아버지의 탓으로 돌렸다. 탓을 하는 인생은 이미 루저다,라고 아버지 닮아 냉정한 고등학생쯤의 나는 판단했고, 그 이후 작은아버지를 소 닭 보듯 보았다. 피를 나눈 사이지만 나에게는 그저 허구한 날 남 탓이나 하는 루저, 남보다도 못한 루저였을 뿐이다. 게다가 작은아버지는 허구한 날 술에도 취해 있었다.

농부 주제에 작은아버지는 해가 중천에 솟은 뒤에야 숙취에 시달리는 몸을 간신히 일으킨다. 작은엄마가 윗목에 차려놓은 밥을 먹은 뒤 도살장에 끌려가는 늙은 황소보다 느릿느릿 일 나갈 채비를 한다. 그의 첫번째 필수품은 낫도 아니요 삽도 아니다. 작은아버지는 마당 한편에 쌓아놓은 궤짝에서 소주 다섯병을 꺼내 지게에 싣는다. 그게 그의 일용할 양식이다. 밭에 도착한 작은아버지는 그날의 일감을 눈대중하고 일의 양에 따라 한고랑, 혹은 두고랑마다 소주병을 하나씩 고이 안착시킨다. 참고로 그 시각 작은엄마는 남자들이나 하는 논농사를 짓느라 구슬

땀을 흘리는 중이다. 작은아버지는 오직 술을 마실 목적으로 고추를 따고 들깨를 벤다. 다섯병의 소주를 다 마시면 몇시가 됐든 그걸로 그날의 작업 끝이다. 집에 돌아온 뒤에야 작은아버지의 진정한 하루가 시작된다. 술이 작은아버지를 쓰러뜨릴 때까지 마시고 또 마신다. 신기하게도 술에 취하면 고이 쓰러져 잔다. 간혹 아버지에게 시비를 걸 뿐이다. 아버지 외의 누구에게도 작은아버지는 시비를 걸지 않는다. 취해도 취하지 않아도.

아버지에게 건 시비의 내용은 앞서의 사건과 크게 다르지 않다. 아버지 말 듣고 고구마를 심었는데 농사를 망쳤다거나 뭐 이런. 물론 아버지와 평소에 말을 섞지 않으니 아버지 말을 듣고 심은 것도 아니다. 아버지가 동네 사람들을 설득했고 작은아버지는 남들이 다 심으니 심었을 뿐이다. 어찌 됐든 잘되면 자기 덕, 못되면 아버지 탓. 작은아버지가 평생을 그렇게 살았다는 생각이 든 순간 전화기 너머로 흐르는 정적을 이해할 수 있을 것 같았다. 작은아버지는 평생 형이라는 고삐에 묶인 소였다. 그 고삐가 풀렸다. 이제 작은아버지는 어떻게 살까? 작은아버지는 지금쯤 빈속에 깡소주를 들이붓고 있을 것이다. 일흔 가까운 나이에 처음으로 마주친 형 없는 세상, 탓할 사람 없는 세상이 두려워서. 두려움을 이기고 작은아버지는 아버지의 장례식장에 찾아와줄까. 설령 오지 않는다 해도 아버지는, 마루에 우두커니 앉아 동생의 모진 말을 묵묵히 견뎌내던 아버지는, 이번에도 타는 속을 소주로 달래며, 나는 모르는 쓸쓸한 인생의 무언가를 되새기지 않으려나, 하면서 아버지의 영정사진을 보았는데, 아버지는 당연히 그거사 니 사정이제, 모르쇠로, 나는 어딘지 모를 어딘가를 무심히 바라보고 있었다. 그러게, 아버지의 사정은 아버지의 사정이고, 작은아버지의 사정은 작은아버지의 사정이지, 그러나 사람이란 누군가의 알 수 없는 사정을 들여다보려 애쓰는 것 아닌가, 그렇다면 아버지는 그렇게 모르쇠로 딴 데만 보고 있으면 안 되는 것 아닌가, 뭐 그런 생각도 드는 것이었다. 그러면서 나는 오늘 작은아버지가 미국의 유명 아나운서 처벅이 죽은 그날처럼 취해서 차라리 대자로 널브러지기를, 그래서 올 수 없기를 바라는 마음이기도 했다.

*

지리산은 짙은 운무에 잠겨 있었다. 태양이 높아지면 운무 속에 치솟은 노고단이 모습을 드러낼 터였다. 아버지는 언제나 새벽 네시가 되기도 전에 잠에서 깼다. 새벽이 되기 직전, 어둠이 가장 깊은 시각, 아버지는 늘 베란다에서 담배를 피웠다. 환한 낮이라면 지리산 능선과 노고단이 한눈에 바라보일 테지만 아버지 눈앞에 펼쳐진 것은 깊은 어둠뿐이었다. 불도 켜지 않은 베란다에서 하얀 담배 연기를 어둠 속으로 피워 올리던 아버지의 여윈 등이 불쑥 떠올랐다. 내게는 아버지의 삶처럼 비장한 풍경으로 각인되었지만 기실 아버지는 언제나처럼 덤덤한 표정이었을 것이다.

아버지는 내가 기억하건대 늘 그랬다. 유관순 언니보다 두해 먼저 태어난 할머니가 1991년 세상을 떠날 때도 마찬가지였다. 장지로 향하는 상여를 뒤따를 때도, 유품을 정리할 때도, 그 유품 속에서 닳을까봐 헝겊에 꿰매놓은 자신의 소학교 졸업사진을 발견했을 때도, 아버지는 아래윗집 살던 할머니와 오며가며 인사나 하는 것처럼 덤덤했다.

아버지는 젊은 시절 무수한 죽음을 목도했다. 보급투쟁

을 마치고 아지트로 돌아왔더니 동지들의 시신이 목 잘린 채 사방에 나뒹굴고 있었다고, 아버지는 예의 어디를 보는지 알 수 없는 시선으로 덤덤하게 말했었다. 밀란 쿤데라는 불멸을 꿈꾸는 것이 예술의 숙명이라고 했지만 내 아버지에게는 소멸을 담담하게 긍정하는 것이 인간의 숙명이었고, 개인의 불멸이 아닌 역사의 진보가 소멸에 맞설 수 있는 인간의 유일한 무기였다.

저를 지켜보던, 저 안에서 청춘을 보냈던, 한 사내가 가고 없는 노동절 아침, 새벽녘의 지리산은 여느 때와 다름없이 고요히 장엄했다. 일곱시. 지금쯤 고향 반내골에 사는 친척들은 일찌감치 일어나 논밭을 둘러보고 있을 터였다. 전화를 해도 무례하지 않을 적정한 시간이 언제인지 가늠이 되질 않았다. 식전 댓바람부터 부고를 전하는 것은 아무래도 실례인 듯했다.

서시천변, 안개가 걷혀가는 이차선 포장도로로 희끄무레한 사람의 형상이 나타났다. 아버지 연배의 노인이었다. 아직 누구에게도 부고를 전하지 않았는데 그의 발길이 내 쪽으로 가까워졌다. 여기는 구례, 이곳에서는 때로 전화보다 사람의 말이 빠르다. 새벽부터 검은 양복을 차려입은 그가 장례식장으로 들어섰다. 척추협착증으로 행동 굼

뜬 어머니가 조위금 함을 붙잡고 간신히 몸을 일으켰다.

"워치케 아시고 벌써부텀 오셨당가요?"

"엊저녁에 상욱이 뱅원차에 실레 가는 것을 봤그만이라."

불알친구를 불시에 잃었지만 그의 표정 또한 평소의 아버지처럼 덤덤했다. 그는 절친한 친구의 영정 앞에 익숙한 동작으로 두번 절을 올렸다. 난생처음 상주가 되어 나는 그와 맞절을 했다.

이름을 밝히지 않았지만 나는 그가 누군지 단박에 알아차렸다. 박한우 선생. 박선생은 중앙국민학교 35회 졸업생으로 아버지와 동기동창이다. 35회 졸업생들은 제법 우정이 깊었다. 시계방을 했던 한 졸업생의 상호는 삼오시계방이었다. 시계방은 35회 동창회 사무실이기도 했다. 아버지는 풀 방구리 쥐 드나들 듯 틈만 나면 동창회 사무실을 들락거렸다. 두루두루 잘 지냈지만 그중에서도 박선생과 제일 친했다.

매일 새벽 네시, 담배를 맛나게 태운 아버지는 폭우가 내리든 폭설이 내리든 자전거를 타고 길을 나섰다. 아버지가 향한 곳은 신문배급소였다. 그 배급소에서는 한겨레신문과 조선일보를 동시에 취급했다. 새벽 네시가 조금 지난 시간, 아버지는 자기 집인 양 배급소에 들어가 배달

원과 함께 각종 전단지를 신문 사이에 끼워 넣었다. 일이 끝나갈 즈음이면 어김없이 박선생이 나타났다.

"쪼까 일찍 나와서 일 쪼깐 거들제 다 끝내놓게 오냐?"

"나가 니랑 똑같은 중 아냐? 나는 이래 뵈도 정기구독자여! 깨끔허니 내 돈 내고 본당게."

아버지는 일을 거들고 공짜 신문 한부를 얻어 왔다. 박선생도 그 사실을 알았다.

"글면 따신 집 안에 가만있제 먼 옘벵헌다고 새복 댓바람부텀 설치고 댕기냐, 영감탱이가. 글다 풍 맞는다이."

박선생도 아버지만큼 부지런하여 일찍 일어났다. 긴 아침나절이 무료하여 신문도 직접 받을 겸 허물없는 친구도 볼 겸 배급소로 나오는 것이었다. 아버지는 박선생이 구독하는 조선일보를 빼앗아 후루룩 일별했다. 그러고는 박선생에게 휙 집어던졌다.

"이런 반동 신문을 멀라고 아깐 돈 주고 보는 것이여! 한겨레로 바꿔 이번 기회에. 펭상 교련선상 함시로 민족 통일의 방해꾼 노릇을 했으믄 인자라도 철이 나야 헐 것 아니냐!"

"니나 바꽈라. 뽈갱이가 뽈갱이 신문 본다고 소문나면 경을 칠 텡게."

두 노인네는 매일 아침 투닥거리며 늘그막을 보냈다. 신문을 들고 집에 온 아버지는 어머니와 내 앞에서 평생 교련선생 한 놈이 조선일보만 본다고 박선생 흉을 보았다. 귀에 못이 박히게 듣던 말이라 어느 날 짜증이 나서 물었다.

"생각이 다르면 안 보면 되지, 애도 아니고 맨날 싸우면서 왜 맨날 놀아요?"

아버지는 언제나처럼 아랫목에 자리를 잡고 신문을 착 펴면서 말했다.

"그래도 사램은 갸가 젤 낫아야."

아버지에게는 사상과 사람이 다른 모양이었다. 예전에도 그런 말을 한 적이 있다. 광주교도소에서 함께 복역한 동지 한 사람이 떠르르한 지주의 자식이었다. 그에게는 늘 사식이 풍성하게 들어왔다. 그 사식을 벤소에 숨겨놓고 돼지처럼 저 혼자 먹었다고, 진짜배기 혁명가가 아니라고, 아버지는 두고두고 흉을 보았다.

"여호와의 증인들이 한 감방에 있었는디 갸들은 지 혼차 묵들 않애야. 사식 넣어주는 사램 하나 읎는 가난뱅이들헌티 다 노놔주드라. 단 한맹도 빠짐없이 글드랑게. 종교가 사상보담 한질 윈갑서야."

사상은 안 통했어도 마음은 잘 맞아, 오래 같이 산 부부처럼 토닥거리며 아버지의 말년을 풍성하게 했던 박선생이 문상을 끝내고 상에 앉았다. 전화 통화는 두어번 했지만 얼굴을 마주한 것은 처음이었다. 그러나 나는 박선생의, 아버지 못지않게 지난했던 과거사를 어쩌면 그이의 자식보다 잘 알고 있었다.

박선생의 형은 아버지의 빨치산 동료로 지리산에서 죽었다. 누나 둘도 지리산서 죽어 시신조차 찾지 못했다. 서울서 고등학교에 다니다 학도병에 끌려갔던 박선생은 하필 수도사단 소속으로 51년 겨울 지리산에 파견됐다. 운명의 장난인지 전남도당 소속이었던 아버지도 남부군으로 소속이 바뀌었다.

겨우내 치열했던 수도사단 대공세에서 살아남은 아버지는 이듬해 봄, 벽소령 인근 산죽더미 아래서 미군 씨레이션(전투식량) 박스 몇개를 발견했다. 아버지가 발견한 것은 아니었다. 부대원 하나가 발견해서 신이 나 들고 온 박스 안에 비닐로 몇번이나 꽁꽁 싸맨 박선생의 편지가 들어 있었다.

"신우형, 복례누이, 복희누이, 상욱아. 총을 쏠 때마다 손이 떨려 방아쇠를 당길 수가 없네. 총구를 하늘로 겨눠도 재수 없으면 떨어지는 내 총알에 누군가 죽을지 모르는 일 아닌가. 그 누구도 내 총에 죽는 일만 없기를 날마다 기도한다네. 부디 살아서 돌아오시게. 살아서, 꼭 살아서, 다시 만나세."

불행히도 아버지만 살아 박선생을 다시 만났다. 자신의 총알이 형과 누이와 친구들을 죽였을지도 모른다는 자책감을 안고 박선생은 군에 말뚝을 박았다. 군인으로 빨치산 형제자매와 마주 섰던 자가 군에 말뚝을 박은 그 심리를 아버지는 잘 이해하지 못했다. 박선생은 예편한 뒤 하릴없는 교련선생으로 세월을 보냈다.

"군사독재 정권 밑에서 교련선생이 뭐냐, 교련선생이. 죽은 느그 성이 무덤서 벌떡 일어나겄다."

속엣말 감추는 법 없는 아버지가 만날 때마다 쏘아붙였더니 어느 날 박선생이 느닷없이 눈물을 쏟으며 말했다.

"상욱아. 너 하염없다는 말이 먼 말인 중 아냐?"

아버지는 말문이 막혔고 박선생은 하염없이 눈물을 흘렸다. 먹은 소주가 죄 눈물이 되어 나오는 것 같았다고, 생전 처음 취했던 아버지가 비틀비틀, 내 몸에 기대 걸으며 해준 말이다. 고2 겨울이었다. 자기 손으로 형제를 죽였을지도 모른다는 자책감을 안고 사는 이에게 하염없다는 것은 어떤 의미일까. 열일곱 여린 감수성에 새겨진 무늬는 세월 속에 더욱 또렷해져 나는 간혹 하염없다는 말을 떠올리곤 했다. 아직도 나는 박선생이 왜 그런 말을 했는지 알지 못한다. 다만 하염없이 남은 인생을 견디고 있을, 만난 적 없는 아버지 친구의 하염없는 인생이 불쑥불쑥 내 삶에 잔잔한 파문을 일으키곤 했다.

선생의 취향을 몰라 물과 사이다와 콜라를 한병씩 들고 와 상에 놓았다. 선생은 물잔을 손에 쥔 채 마시지는 않았다.

"이따 또 올라네. 아적 아무헌티도 안 알렸네. 알리고…… 항꾼에 또…… 올라네."

항꾼에, 올라네, 말 사이의 짧은 침묵이 마음에 얹혔다. 저런 말이 하염없이 인생을 살았던 한 남자의 애틋한 정일지 몰랐다. 오늘 새벽에도 그는 신문배급소에 들렀을까? 어제까지 농을 주고받던 친구 없이, 그는 조선일보 한부를 받아들고 집으로 향했을 것이다. 문득 궁금했다. 박선생은 왜 평생 조선일보를 구독했을까? 진심이었는지 방어였는지 나로서는 알 길이 없었다.

소리 내어 묻는 대신 나는 말없이 박선생을 배웅했다. 들어가라고 손사래를 치던 그가 문득 멈춰 서더니 안주머니에서 봉투를 꺼냈다.

"까묵을 뻔했네. 이거 줄라고 왔는디. 늙응게 치매도 아
닌디 자꼬 깜빡깜빡하그마."

조위금 봉투를 덥석 받기가 민망했다. 뻘쭘하게 서 있
자 선생은 내 손에 봉투를 쥐여주곤 뒤돌아섰다. 남의 상
갓집 갈 때마다 나는 머리를 굴렸다. 얼마쯤이어야 당신
과 나의 관계를 단적으로 보여줄까. 다른 사람이 얼마나
내는지 은근슬쩍 알아봤고 보통이면 그 정도, 좀더 마음
이 있으면 몇만원 더, 평생 볼 사람이면 잊을 수 없게 많
이, 나는 그렇게 살았다. 그렇게 산 나는 박선생의 모습이
시야에서 사라지자마자 봉투를 열었다. 박선생에게 아버
지는 어떤 사람이었는지 궁금하여. 오백원짜리 동전 하나
가 또르르 굴러 떨어졌다. 조위금 봉투가 아니었다.

총액 십칠만 오백원.

그 밑에는 작은 글씨로,

4월 25일 사천원(소주 한병, 에쎄 한갑.)

4월 26일 사천원(소주 한병, 에쎄 한갑.)

4월 27일 사천원(소주 한병, 에쎄 한갑.)

4월 28일 사천원(소주 한병, 에쎄 한갑.)

4월 29일 사천원(소주 한병, 에쎄 한갑.)

4월 30일 구천오백원(식대 4,000×2=8,000, 소주 한병 1,500원)

지출 내역이 적혀 있었다. 얼마 전 내가 보낸 이십만원의 잔액이었다.

*

4월 24일, 그러니까 지금으로부터 팔일 전, 아버지에게 전화가 왔다. 아버지가 먼저 전화를 한 건 평생 합쳐 열번도 되지 않았다. 마지막 세번은 치매에 걸린 이후 일년 안에 몰아쳤다. 언제나 단도직입적이었던 아버지는 치매에 걸려서도 단도직입적이었다. 아버지가 치매에 걸렸다는 것을 나는 일년여 전, 오랜만에 걸려온 아버지의 전화를 받고 알았다. 전화를 받자마자 아버지는 다짜고짜 물었다.

"니 사정이 좀 워쩌냐?"

"왜요?"

"괜찮냐 이 말이다."

"예."

괜찮지 않다고 말하는 법을 나는 모른다. 사회주의자

부모가 나를 그렇게 키웠다. 돌부리에 걸려 넘어져도 내 부모는 어린 나를 일으켜주지 않았다. 무릎이 까져 피가 흘러도 눈 하나 깜짝하지 않았다. 조금 울다가 별수 없이 툭툭 털고 일어섰다. 그렇게 자란 나는 누구 앞에서도 힘들다는 말을 해본 적이 없다. 울어본 적도 없다. 이게 바로 빨치산의 딸의 본질인 것이다.

"돈 좀 보내줄 수 있겄냐?"

치매에 걸리기 전까지 아버지는 나에게 절대 그런 말을 하지 않았다. 누구도 치매라고 하지 않았지만 나는 그 순간 의사보다 단호하게 아버지가 치매라고 판정했다. 치매에 걸리지 않고는 혀를 깨물고 죽을지언정 그런 부탁을 하지 않을 아버지였으니까. 불과 두달 뒤 아버지가 치매라는 어머니의 통보에 놀라지 않았던 것은 그날의 절감 덕분이었다.

"얼마나요?"

삼천만원이나 이천만원이었으면 좋았을 것이다. 그랬다면 원룸 수준의 몇푼 안 되는 아파트긴 하나 그걸 팔아서라도 돈을 마련했을 것이다. 여느 딸들처럼 원망과 걱정을 늘어놓으며. 그런데 아버지는 말했다.

"한 삼만원만 있으면 쓰겄다."

평생 그 이상의 돈을 써본 적이 없는 경험의 증거일까, 아니면 치매에 걸려서도 자식의 삶을 불안해하는 증거일까. 아버지는 난생처음, 자식에게 돈을 요구했다. 고작 삼만원을. 자식이든 남이든 절대 신세 지지 않는다는 평생의 원칙을 깨뜨리게 만든 것이 고작 삼만원, 이것이 늙은 혁명가의 비루한 현실인 것이다. 삼십만원을 보냈다. 이 정도가 이 대학 저 대학 기웃거리는, 늙은 혁명가보다 나을 것 없는 빨치산의 딸의 비루한 현실이었다.

다음 날 어머니가 전화를 했다.

"아이, 솔직히 말혀라. 니가 보냈냐?"

아버지가 치매라는 것을 아무도 모를 때부터 홀로 알고 걱정이 태산이었던 어머니는 날마다 아버지 옷을 뒤졌고, 지갑에서 거금 이십구만 칠천오백원을 찾아냈다. 아버지는 박선생에게 빌렸다고 둘러댔지만 어머니 코는 개코, 냄새를 맡고 나에게 전화를 한 것이었다. 어린 시절에도 거짓말은 귀신같이 알아채던 어머니였다. 그래서 산뜻하게 수긍했다.

"어."

"니 아부지가 시방 니 아부지가 아니다. 정신줄 놓은 양반이 워디서 훔쳤다냐 워쨌다냐, 베라벨 생각이 다 안 들겄냐. 참말로 식겁했어야. 긍게 다시는 돈 보낼 생각 말그라. 니가 피땀 흘려 번 돈, 술로 담배로 다 날레분다, 니 아부지가 시방."

몇해 전까지 아버지는 구례 읍내에 처음 생긴 고층 아파트 관리인으로 일했다. 24시간 근무하고 다음 날 하루 쉬는 교대근무를 하며 아버지는 한달에 오십을 받았다. 보따리 장사라고 노상 불평했어도 내 노동은 아버지 노동보다 훨씬 비쌌다.

"니 맴은 알겄다만 니가 주는 돈이 독잉게 다시는 보낼 생각 말어라이. 헥명가라는 사램이 술 한나 담배 한나 지 맘대로 못허다니 말이나 되냐? 니 애비, 인생 헛살았는갑다. 나가 니 애비 땜시 암만혀도 내 명에 못 죽겄다."

그때도 나는 속으로 웃었다. 제명에 못 죽겄다니. 내 부모는 인생의 모든 복을 명으로 타고 나 질기게도 오래 사는 중이라고, 그때의 나는 생각했다. 부모의 대화 속에 등장하는 사람들은 오래전 지리산에서 다 죽었다. 내 부모는 여순사건 직후 입산한 구빨치였고, 구빨치 중에 살아남은 자는 열 손가락에 꼽을 정도로 귀했다. 그만큼 명복은 타고난 사람들이었다. 가난하게 오래 살래, 돈은 많은데 일찍 죽을래, 신이 묻는다면 나는 필사적으로 후자를

고를 터였다. 그런 생각을 하며 나는 어머니의 신신당부
를 흘려들었다.

아버지는 그후로 두어번 내게 돈을 보내라고 전화를
했다. 액수는 언제나 삼만원을 넘지 않았다. 나는 늘 삼십
을 보냈고 이틀을 넘기지 못한 채 어머니에게 들통이 났
다. 아버지가 마지막으로 전화한 게 4월 24일이었다. 변함
없이 삼만원을 보내달라는 전화였다. 전화를 끊자마자 나
는 아버지가 매일 소일 삼아 다니는 삼오시계방에 전화를
넣었다. 박선생이 전화를 받았다. 다른 사람이 받았어도
박선생을 바꿔달라 할 참이었다.

"아버지가 좀 이상한 거, 아시죠?"

내가 물었을 때 박선생은 대답하지 않았다. 하염없이
사는 박선생의 답을 하염없이 기다릴 시간이 없어 나는
내 할 말만 쏟아부었다.

"금방 잊어버리시니까 술 담배를 평소보다 더 하시는
것 같아요. 엄마는 술 담배 못하시게 돈을 한푼도 안 드리
는 것 같은데, 맨정신에도 참기 어려운 걸 어떻게 참으시
겠어요. 죄송하지만 선생님께 돈을 보낼 테니 빌려주시는
척하고 아버지에게 하루 만원 정도만 드리면 안 될까요?"

"그러세."

그게 끝이었다. 나는 곧장 이십만원을 송금했다. 평소처럼 삼십을 보내지 않은 이유는 생각해보지 않았다. 박선생의 봉투를 보고 나서야 내가 평소와 달리 이십만 보낸 것이 기억났다. 깊이 생각할 것도 없었다. 낯 뜨겁게도 남에게 맡기는 돈이라서였을 것이다. 조금씩 자주 보내는 게 안전하다고, 영악한 나는 생각했을 것이다. 십칠만 오백원. 봉투에 적힌 박선생의 반듯한 글씨가 나를 비웃는 것 같았다.

고 봐라, 가시내야. 믿고 살 만허제? 영정 속 아버지도 나를 비웃는 듯했다. 아버지는 언제나 인간을 신뢰했다. 보증을 서줬더니 말도 없이 야반도주해버린 먼 친척도 아버지는 원망하지 않았다.

오래전, 아버지가 전화를 했다. 역시나 단도직입적으로 아버지는 용건만 말했다.

"언제 오냐?"

언제 오냐는 아버지 말은 네가 올 일이 있다는 의미였다.

"내일 갈게요."

"몇시에 출발헐라냐?"

"두시쯤 도착하게 갈게요."

"두시에 농헙서 지둘릴란다."

부랴부랴 달려갔더니 아버지는 적금 하나 들으라는 듯
이 무연하게 말했다.

"니가 보증 쫌 서야겄다."

"돈 필요하세요? 얼마나?"

"나가 먼 돈이 필요하겄냐. 아랫집 살던 용식이 알지
야? 용식이 죽고 그 마누래가 식당이라도 해서 아그들 키
워야 되겄다고 보증 쪼까 서달라고 허기에 서줬는디 식당
망해묵고 도망가부렀다."

나머지 말은 듣지 않아도 뻔했다. 그 빚을 아버지가 떠
안았을 터였다. 처음 있는 일도 아니었다. 뼈가 삭게 일을
해서 돈이 조금 모이면 아버지는 번번이 한방에 날려먹었
다. 주로 보증이 문제였다. 그래도 아버지 혼자 어찌어찌
그 많은 빚을 처리했다. 보증으로 떠안은 빚이 내게까지
오기는 처음이었다. 더 연장하기에는 아버지 나이가 너무
많아서였다. 다음 날 아침 어머니는 아버지 바지 주머니에
서 은행 서류를 찾아냈고, 눈물 콧물 찍어가며 탄식했다.

"아이고, 워디 물레줄 것이 없어서 허다허다 빚꺼정 물
레줄라요? 애비가 돼가꼬 딸내미헌티 해준 것이 멋이 있
다고 쟈를 보증을 세우요, 세우길. 당장 그년 찾아오씨요."

그년이라니. 비록 국졸이긴 하나 구례서 어머니처럼 지

58

적인 사람은 흔치 않았다. 차분하고 음전한 데다 깊은 눈빛에 교양 있는 말솜씨 하며, 판검사나 작가라고 해도 수긍할 만한 분위기였다. 늘 책을 끼고 사는 어머니를 교장쯤으로 착각하는 사람도 적지 않았다. 매일 아침 등굣길에 나를 데리러 오던 국민학교 선배의 첫사랑도 바로 어머니였다.

나는 비가 오나 눈이 오나 나를 데리러 오는 선배의 지극정성을 곡해하여 그 어린 것의 첫사랑 상대가 나라고 철석같이 믿었다. 나는 대학 시절 내내, 세월 흐른 줄도 모르고 계속 연락하는 그 선배를 죽자고 피해 다녔다. 대학생이 되고도 풋사랑 질질 끄는 선배를 내심 비웃으면서 말이다. 얼마 전 십수년 만에 연락이 닿은 선배가 대뜸 물었다.

"어무이는 잘 계시제? 아직도 고우시냐? 느그 어무이 참말 예뻤는디…… 느그 어무이가 내 이상형이랑게."

그러니까 그 선배가 문턱이 닳도록 우리 집에 드나든 건 내가 아니라 어머니 때문이었단 거였다. 이런 젠장. 연적이라는 말이 적당하지는 않겠지만 아무튼 내가 아니라 어머니였다니! 내 인생은 그때부터 엿가락처럼 배배 꼬였는지도 몰랐다. 일자무식 제 어머니와 달리 지적이었다는 게 내 어머니를 첫사랑으로 삼은 선배의 당돌한 변이었다.

지적인 우아함으로 어린 소년의 이상형이 되었던 어머니가 돈 천이백만원 때문에 그년이라는 쌍욕을 입에 담은 것이다. 혈육의 관대함으로 해석하여 아름다운 모정 때문이라 쳐본들, 이데올로기란 것이 돈이나 모정 앞에서는 무용지물이구나, 천이백만원 보증을 서고 온 나는 보따리 장사 주제에 돈 갚을 걱정은 뒷전이요, 그런 냉정한 분석을 하며 식전 댓바람, 늙은 혁명가 어머니의 악다구니를 묵묵히 지켜보았다.

어머니가 잔소리를 하든지 말든지 아침 뉴스에 시선을 고정하고 있던 아버지가 마침내 리모컨을 바닥에 탁 내려놓으며 벌떡 일어섰다.

"시끄러. 오죽흐면 밤도망을 쳤겄어! 그 사람이라고 호의호식허고 삼시로 그 돈 안 갚겄는가. 오죽흐면 친정에 연락도 못허고 죽은디끼 살겄어!"

아버지 말끝에 어머니는 서러운 눈물을 쏟았다.

"넘 사정은 그리 빤함시로 마누라 사정은 워째 깜깜 봉사까이. 팔다리가 쑤세서 밥도 제우 해묵고 끙끙 앓느라 잠도 못 자는디, 그 돈 있으면 나 벵원이나 보내주제."

아버지의 눈빛을 나는 아직도 잊지 못한다. 아버지는 서늘한 눈빛으로 어머니를 노려보더니 나지막이 그러나 단호하게 말했다.

"자네 혼차 잘 묵고 잘살자고 지리산서 그 고생을 했는가? 자네는 대체 멋을 위해서 목심을 건 것이여!"

방물장수 자고 간 그날 밤처럼, 온종일 계속될 것 같던 어머니의 눈물이 뚝 끊겼다. 그날 이후 어머니는 두번 다시 보증빚 이야기를 꺼내지 않았다. 아버지는 칠순 넘은 나이에 남의 밤농사를 지어 일년에 몇십만원씩 그 빚을 갚아나갔다. 아직 그 빚은 반 넘게 남아 있고 어머니 염려대로 내 빚이 될 모양이다. 얼굴도 기억나지 않는 먼 친척은 칠순 넘은 나이에 힘겹게 번 돈으로 자신의 빚을 기꺼이 대신 갚아준 내 아버지를 위해 다른 누군가에게보다는 농도 짙은 눈물이라도 한방울 떨궈주려나. 아버지와 달리 인간을 신뢰하지 않는 나는 어쩐지 미덥지 않았다. 비쩍 마른 아버지가 시래깃국을 먹을 때 그 여자는 아버지 돈으로 삼겹살을 배불리 먹었을 거라는 추측이 차라리 믿을 만했다.

십칠만 오백원이 든 봉투를 나는 망연히 바라보았다. 소주 한병에쎄 한갑, 남을 위해 천이백만원을 기꺼이 지

아버지의 해방일지 61

출할 수 있었던 아버지 본인에게 필요한 돈은 하루 사천원이었다.

마지막 날 아버지는 과한 지출을 했다. 4월 30일 구천오백원(식대 4,000×2=8,000. 소주 한병 1,500원). 생의 마지막 날, 아버지는 누군가와 사천원짜리 마지막 만찬을 즐겼다. 아마도 메뉴는 된장찌개였을 것이고 상대는 십중팔구 박선생이었을 것이다. 교원 연금으로 그럭저럭 살 만한 박선생이 만류했을 것이나 빚지고 못 사는, 치매 걸려서도 그 성정 버리지 못한 아버지는 호기롭게 만원짜리 한장을 꺼내들었을 것이다. 하염없이,라는 말을 나는 처음으로 이해할 듯했다.

*

천변 도로를 점령하고 있던 안개가 걷혔다. 좀 전에 자욱했던 안개가 꿈이었던가 싶게 순식간이었다. 안개가 적셔놓은 습기 때문인지 아침 햇살이 유달리 찬란했다. 햇살 부서지는 아스팔트로 두 노인네가 나타났다. 한 사람은 방금 전에 돌아간 박선생이었다. 그 옆의 허리 구부러진

노파는 아마도 삼오시계방에 드나드는 여자 동창이지 싶었다. 항꾼에 오겠다더니 가다 말고 돌아서 항꾼에 왔다.

노파는 덤덤한 얼굴로 조위금 함에 봉투를 넣은 뒤 조문을 했다. 아버지의 죽음 때문인지 장례식장 황사장의 애달픈 사연 때문인지 울다 진이 빠진 어머니는 상주 휴게실에서 쉬는 중이었다. 아무래도 어머니는 장례식 내내 휴게실에서 지내게 해야 할 듯했다. 척추협착증을 앓는 어머니가 사람들 올 때마다 절을 했다가는 줄초상을 치를 지도 몰랐다. 어머니를 대신해 내가 맞절을 했다. 내가 이 장례식의 유일한 상주였다. 한약으로 반짝 살아난 아버지의 정자가 다시는 회생하지 않았으므로.

노파는 거친 손으로 내 손을 잡았다. 그 시절에 소학교를 나왔다면 나름 인텔리일 텐데 편안한 세월을 살아온 손이 아니었다. 한창 농사를 짓던 때의 어머니 손보다 더 거칠었다. 허락도 구하지 않고 덥석덥석 내 손을 잡는 손길이 부담스러웠다. 장례식 내내 몇번의 손길이 내 손을 거쳐 갈지 생각만 해도 아찔했다. 개처럼 영역표시라도 하고 싶은 심정이었다.

"누가 3초 영감 아니랄깨비 참말로 싱겁게 가부렀소이."

3초 영감? 행색은 누추해도 노파는 눈치가 빨랐다.

"쐬주 한 고뿌 마시는디 딱 3초 걸린다고 3초 영감이요. 3초 영감은 점방에 와서도 앉들 안 했소. 알아서 냉장고 문 열고 쐬주 한병 꺼내서는 고뿌에 이빠이 따라서 한방에 마셔불제."

옆에서 박선생이 고개를 끄덕이며 덧붙였다.

"삼오당 옆에 실비집 쥔장이시네. 가다가 만났는디 혼차 오기는 열없다고 혀서 내가 모시고 왔네."

시계방 옆의 실비집이라면 둥근 시멘트 테이블 두개 놓고 하릴없는 영감들에게 잔술도 팔고 국밥도 파는 곳이었다. 어머니에게 알리지 않은 게 천만다행이었다. 어머니는 술집 여자라면 질색팔색했다. 나 때문이었다.

아버지는 어린 시절 나를 어디에나 데리고 다녔다. 장날이면 오거리 하동집에도 데리고 갔다. 작은 선술집인데 상호도 없는 곳이었다. 주인이 하동 사람이라 다들 하동집이라 불렀다. 거기서 아버지는 친구들과 안주도 없이 낮술을 마셨다. 나를 무릎 위에 앉혀놓은 채 아버지는 술 마시는 내내 다리를 흔들었다. 그네를 타듯 출렁이는 게 재미있어 나는 아버지 무릎 위에 앉아 하동댁이 쥐여준 주전부리를 먹으며 술자리에 물색없이 끼어들었다. 고추금이 내렸니 올랐니, 아이답지 않게 새살거리며.

어느 날인가 살집 두툼하고 덩치 산만 한 하동댁이 어울리지 않게 몸을 배배 꼬며 콧소리를 냈다.

"하도 안 와서 영영 못 보는 줄 알았소."

"웜마, 무신 섭섭한 소리를 해쌓는대. 일편단심 하동떡 생각인디."

아버지가 너스레를 떨며 하동댁 궁둥이를 토닥토닥 두드렸다. 순간 무릎 위에서 풀쩍 뛰어내린 내가 아버지 손을 잡아끌었다. 다섯살배기가 어찌나 고집이 센지 아버지는 술 한잔도 마시지 못한 채 내 손에 끌려 나와야 했다. 나는 보이지 않을 때까지 세모눈으로 하동집을 째려보았다. 그날 이후 아버지는 오거리 쪽으로 발도 디디지 못했다. 내가 곁에 있는 한.

고작 다섯살이지만 속이 놀놀했던 나는 아버지가 하동댁 궁둥이 두들겼다는 말을 어머니에게 하지 않았다. 아버지가 했다. 다른 여자 궁둥이 두들긴 것쯤 아버지에게는 별일이 아닌 모양이었다. 아버지가 읍내 걸음만 할라치면 어머니는 하동떡 궁뎅이 뚜딜기러 가요? 실없는 농담을 했고, 그때마다 나는 경기를 일으키며 아버지 바짓단을 붙잡고 늘어졌다. 나는 다시는 하동댁을 보지 않았다. 아버지는 봤을 것이다. 대신 더는 나를 술집에 데려가지 않았다.

별것 아닌 기억을 나는 오래도록 잊지 못했다. 내가 모르는 아버지, 혁명가가 아닌 순간의 아버지, 거기서 어린 내가 발견한 것은 뻔한 남자들과 다르지 않은 뻔한 행동이었다. 나이 든 뒤에도 나는 하동집을 지날 때마다 고개를 외로 꼰 채 굳이 외면했다. 내가 외면한 것은 하동댁이 아니라 위대한 혁명가의 외피 속에 감춰져 있을지 모르는 뻔한 남성의 욕망이었을 것이다. 그때 아버지는 감옥에 있었고, 나는 아버지가 정의를 위해 목숨을 걸었던 위대한 혁명가라고 믿었다. 아니, 그렇게 믿어야만 했다. 그래야 감옥에 있는 아버지를 버리지 않을 수 있었다.

"아이고, 형수님 오셨네!"

자고 있던 박동식씨가 어느새 나타나 노파 곁에 털썩 주저앉았다. 그는 친한 누이라도 되는 양 노파의 어깨를 팔로 감싸 안으며 말했다.

"동상, 인사했능가? 아부지 마지막 애인이시네."

"아이고매! 쓸데없는 농담을 해쌓까이. 따님 오해하면 워쩔라고······"

노파가 부끄럼 타는 젊은 여자처럼 몸을 비틀어 동식씨의 품을 벗어났다. 오해는 개뿔, 아니다, 민중의 전형이니 아버지의 이상형인가, 그런 생각을 하며 나는 말없이 그들의 노는 양을 지켜보았다.

"조석으로 드나들면 고거이 애인이제 뭣이 애인인디?"

"문턱이 닳게 드나들긴 했제. 나 보러 왔가니? 쐬주 보러 왔제."

내 기분은 아랑곳하지 않은 채 두 사람은 장소팔과 고춘자라도 되는 양 만담을 주고받았다.

"글고 봉게 어제 냉기고 간 쐬주 반병이 냉장고에 있을 것인디…… 인자 못 잡수러 오겄구마이. 참말로 술을 좋아하셨는디…… 하루에 시삥씩은 꼭 잡샀응게."

아버지가 매일 술을 마시기 시작한 것은 『새농민』이 시키는 대로 문자 농사를 짓던 시절부터였다. 아버지는 시골 태생이긴 하지만 농사를 지어본 적이 없었다. 노동자와 농민이 주인 되는 세상을 만들기 위해 싸웠지만 정작 자신은 노동과 친하지 않았던 것이다. 아버지에게 노동은 혁명보다 고통스러웠다. 얼어 죽고 굶어 죽고 총 맞아 죽는다는 전직 빨치산이 고추밭 김매는 두시간을 참지 못해 쪼르르 달려와 맥주컵으로 소주를 원샷할 때마다 나는 내심 비웃으며 생각했다. 혁명가와 인내의 상관관계에 대하여. 인내할 줄 아는 자는 혁명가가 되지 않는다는 게 고등학생 무렵의 내 결론이었다.

　고통이든 슬픔이든 분노든 잘 참는 사람은 싸우지 않고 그저 견딘다. 견디지 못하는 자들이 들고일어나 누군가는 쌈꾼이 되고 누군가는 혁명가가 된다. 아버지는 잘못 참는 사람이다. 해방된 조국에서 친일파가 득세하는 것도 참지 못했고, 사랑하지도 않는 여자와 결혼하라는 봉건잔재도 참지 못했으며, 가진 자들의 횡포도 참지 못했다. 물론 두시간의 노동도 참지 못했다. 그런데 얼어 죽을 것 같은 고통은, 굶어 죽을 뻔한 고통은, 생사의 고비를 함께 넘은 동료들이 바로 곁에서 죽어가는 고통은 어떻게 견뎠을까? 신념 때문이었을 수도 있고, 내려와봤자 기다리고 있는 건 죽음뿐이라는 지극히 절망적인 현실 인식 때문이었을 수도 있다.

　내가 냉정한 시선으로 술 마시는 아버지를 분석하는 사이, 아버지는 신문 한면쯤을 읽고 어렵사리 엉덩이를 일으켜 친하지 않은 노동으로 되돌아갔다. 그러니까 술은 고된 노동을 연장할 수 있는 일종의 진통제였다. 하루 세 병씩 꼬박꼬박 소주를 마셨지만 아버지는 알코올중독은커녕 술꾼도 아니었다. 진득이 앉아 술이 제 영혼을 삼키도록 허용하는, 그러니까 작은아버지 정도는 되어야 비로소 알코올중독이라 할 만하다. 아버지는 3초 영감, 진통제 삼키듯 술을 털어넣었을 뿐이다.

"술만 좋아하셨가니? 여자도 좋아하셨제. 자네는 몰랐제?"

동식씨가 나를 보며 한쪽 눈을 찡긋거렸다. 내가 모르는 아버지를 저는 다 안다는 투였다. 남자들끼리 공유하는 비밀이야 불 보듯 환했다. 맘 같아서는 아버지를 하동댁 집에서 끌어냈듯 끌어내고 싶었으나 여기는 아버지의 장례식장, 나는 웃음기 하나 없이 정색을 하고 동식씨를 쏘아보는 정도로 화를 삭였다. 물론 물색없는 동식씨는 내 눈빛의 의미를 간파하지 못했다. 노파가 그 비밀 자기도 안다는 듯 동식씨와 눈빛을 교환하고는 다시 말을 이었다.

"술도 쐬주만 좋아하셨제. 맥주는 쳐다보들 안 했어. 양코배기들 술을 멀라고 묵남시로. 원제는 쐬주랑 바꾸잠시로 양주를 들고 왔드랑게. 그 있잖애. 박정희 대통령이 잡수던 술 말이여."

아버지가 실비집에서 소주 한짝과 맞바꾼 시바스 리갈 18년산은 내가 준 것이었다. 위스키라면 환장하는 내가 한달 동안 입맛을 다시며 상전 모시듯 고이 모셔두었다가 아버지에게 준 이유는 술을 그렇게 좋아하면서도 평생 먹어본 술이란 게 고작 막걸리와 소주뿐인 인생이 안타까워서였다. 그 술을 아버지는 맛도 보지 않은 채 소주와 바꿨다. 그깟 소주 짝으로 사줄 테니 궁상떨지 말고 제발 맛이나 좀 보라고 있는 대로 성질을 부렸더니 아버지도 웬일로 성질을 냈다.

"그깟 술이 다 거기서 거기제, 뭐 양놈들 술은 금테두리라도 둘렀다냐?"

금테두리를 둘렀는지는 모르지만 나는 위스키가 좋았다. 서른 넘도록 나는 술을 좋아하지 않았다. 소주는 크, 소리가 나도록 썼고, 막걸리는 신입생 때 두잔인가 마시고 기억을 잃은 뒤로 다시는 거들떠보지 않았다. 고량주는 향이 역했고, 맥주는 너무 차가워 한잔만 마셔도 설사를 했다. 서른 넘어 친구 집들이에서 처음 위스키를 마셨다. 오크향은 달콤했고 목 넘김은 황홀했다. 마셔보지 않았더라면 나는 영원히 술과 맞지 않는 사람인 줄 알았을 것이다. 한계란 그런 것이다. 아버지는 해방 전후의 한계와 여전히 맞서 싸우는 중이었고, 그사이 세상은 훌쩍 그 한계를 뛰어넘었다.

"응! 금테두리를 둘렀는지 어땠는지 맛이나 보고 말하

라고!"

"그깟 양주 한뻥 줘놓고 벨 유세를 다 떨그마이!"

아버지는 자리를 박차고 일어났다. 화났다는 표시였다.

몇년 뒤인가, 취업한 제자가 로얄 살루트 32년산을 선물했다. 나는 먹어본 적도 없는 고가의 위스키였다. 행여 깨질까 에어쿠션으로 둘둘 말아 택배로 보냈더니 아버지 말이 가관이었다.

"아이, 양주나 아니나 암도 알도 못허는 것을 멀라고 보냈냐? 쐬주랑도 안 바꽈준다드라."

장례식장에 와서 3초 영감 운운하는 바로 이 실비집 주인장이 로얄 살루트 32년산을 소주 한 박스와 바꿔주지 않은 장본인일 터였다. 시골 사람들은 시바스 리갈은 알아도 로얄 살루트는 모른다. 박정희가 로얄 살루트를 마시지 않았기 때문이다. 61년부터 79년까지 최고 권력자였던 그가 고작 시바스 리갈을 마셨다, 12년산인지 18년산인지. 지금은 어지간한 사람도 면세점에서 발렌타인 30년산을 산다.

"아이가, 행수가 하나만 알제 둘은 모리구마. 양주도 잘 잡샀어. 읆웅게 못 잡샀제. 울 삼촌이 양주를 쐬주맹키 고뿌에 따라가꼬 한방에 완샷을 때려분 싸나이 중의 싸나이여!"

금시초문이었다. 보따리 장사로 번 돈 허튼 데 쓰지 말라는 걱정이었을까? 아니면 소주나 위스키나 진통제이기는 마찬가지, 양 많은 게 최고라고 생각했을까? 것도 아니면 남자들 앞에서 허세를 부려본 것일까? 아버지의 속내를 그때나 지금이나 알 길이 없었다.

세 사람은 내가 모르는 아버지의 일상을 되새기는 중이었다. 나는 장례식장 사무실에 다녀오겠다며 몸을 일으켰다. 말년의 아버지가 시간과 마음을 나누며 살았던 그들은 조금 떨어진 곳에서 보니 그저 그런 정도가 아니라 추레한 노인네들일 뿐이었다. 3초 영감으로 불리운 아버지가 저들과 머리를 맞대고 말을 섞는 모습이 좀처럼 그려지지 않았다. 내가 아는 아버지는 집안에서도 언제나 민중 운운하는, 너무 근엄해서 오히려 우스꽝스러운, 그러나 마음만은 아직도 지리산과 백운산을 날아다니는 혁명가였다.

장례식장에 구비된 슬리퍼를 신으려는 찰나 동식씨가 쫓아 나왔다. 그러고는 휴대전화를 내밀었다.

"우리 막둥이가 동상 휴대폰에 저장된 디로 싹 부고문자를 돌렸네. 따로 신겡 안 써도 될 것잉마."

그러니까 내 것인 줄 알면서 일부러 들고 갔다는 얘기였다. 수고를 덜어주어 고맙다고 해야 할지, 왜 시키지도 않은 일을 했냐고 뭐라 해야 할지 가늠이 되지 않았다. 저장된 연락처 중에는 부고를 알릴 필요가 없는 사람들도 여럿 있었다.

　휴대전화를 건네는 동식씨의 손은 내 손보다 두배는 크고 두툼했다. 저 손이 됐다는 아버지를 끌고 가 제 돈 들여 영정사진을 찍고 위스키를 컵 가득 따랐을 터였다. 아버지는 몇년 전 동식씨를 조합장으로 만들려다 실패했다. 촌에서는 아직도 선거에 돈이 필요하다고, 시골 사람들 정신머리가 다 썩어빠졌다고 분개하던 모습이 눈에 선했다. 그 뒤로 아버지는 동식씨와 함께 민노당 지부를 만들었고, 동식씨를 군의원에 당선시켜보려 동분서주하던 중이었다. 이번에도 뜻을 이루지 못하고 아버지는 세상을 떴다.

　"어이, 동상. 황사장헌티 상복 여섯벌 더 달라고 허소. 큰집 사촌이 일곱이제? 남자 옷은 한벌이면 쓰겄네. 암만 혀도 길수는 상주 노릇 못 할 거여. 메칠 전에 봉게 낼모레 삼촌 따라가게 생겼대. 동상 맴이 워쩐가 몰라도 혼차라 외로웅게 항꾼에 상주해 돌라면 좋아헐 것이네. 고씨 핏줄들이 오지랖이 넓잖애."

한때 씨름선수였다는 동식씨가 고씨보다 더한 오지랖을 부리고는 크고 뭉툭한 손으로 내 등을 두드렸다. 섬세나 다정과는 담을 쌓았을 것 같은 그 손이 따숩기는 한정 없이 따수웠다.

*

동식씨 당부대로 황사장에게 남자 상복 한벌과 여자 상복 다섯벌을 더 주문했다. 장례식장에서는 뭐든 다 돈이니 손톱 밑에 그러쥐어야 한다고 황사장이 친오빠나 되는 양 참견을 했다.

"상주라고 달랑 딸 하난디 식장 비용이나 나올랑가 워쩔랑가……"

장례식장 사장으로서의 걱정인지 친구 동생에 대한 걱정인지 황사장은 한숨을 내쉬며 걱정을 늘어놓았다. 걱정이든 잔소리든 말 많은 건 아버지 닮아 딱 질색이었다. 서둘러 나가려는 나를 황사장이 불러 세웠다.

"어이, 동상! 일러둘 말이 있네."

황사장은 내 곁으로 다가와 주변을 훑어보고는 얼굴을 귓가에 바싹 붙였다. 이 동네 사람들은 몸의 거리로 친밀감을 표현하는 모양이었다. 하기는 동물도 그렇긴 하다. 그 거리를 내가 허용하지 않고 살아왔을 뿐이다. 빨갱이나 그 자식들은 알아서 보통 사람들이 친밀하다고 허용하는 거리를 넘어서 있어야 했다. 그래야 누군가 빨갱이의 지인이라는 이유로 피해를 당하지 않을 테니까.

오랜 세월 길들여진 몸의 습관으로 나는 재빨리 몸을 뒤로 젖혔다. 황사장의 몸 또한 습관적으로 나를 향해 더 기울어졌다. 옆에서 누군가 지켜본다면 성추행으로 여길 법한 모양새였다. 그러나 황사장의 몸은 다가오는 데 일말의 거리낌도 없었다. 어쩔 수 없이 허리가 아플 정도의 자세에서 몸을 멈춘 뒤 그의 말을 경청해야 했다.

"동상, 조심해야 써. 조위금 맡을 사람은 신중, 또 신중허게 정하소이. 사촌이고 오촌이고 믿을 놈 하나 없네. 다 도둑놈이다, 눈에 쌍심지를 키고 지켜보소. 베라벨 놈이 다 있응게. 월마 전에는 형제들허고 안 나눌라고 지 어매 조위금 갖고 튀어분 놈도 봤네. 생긴 건 멀쩡해가꼬 핵교 선상이라등만…… 자네 아부지, 펭상 당하고만 사셨는디 가시는 질에꺼정 당하시면 쓰겄는가이."

아버지가 평생 당하고만 살지는 않았다. 당하지 않으려고 사회주의에 발을 디뎠고, 선택한 싸움에서 쓸쓸하게 패배했을 뿐이다. 아버지는 십대 후반의 선택에 대한 책임을 여든둘 된 노동절 새벽, 세상을 떠날 때까지 평생 짊어졌다. 사회가 개인의 선택에 대한 책임을 이렇게까지 가혹하게 묻는 게 옳은지에 대해서는 이론의 여지가 있을 수 있다. 사상의 자유가 보장되어야 한다는 사람도 있고, 빨갱이 새끼들은 다 때려죽여야 한다는 사람도 있을 것이다. 동족상잔의 비극을 치렀고, 아직도 휴전 중인 데다 남북의 이데올로기가 다르니 의견의 합치를 보기는 진작에 글러먹은 일, 게다가 나는 옳고 그름을 따질 만한 주제도 아니다.

다만 당하기로 따지자면 내가 더 당했다. 아버지는 선택이라도 했지, 나는 무엇도 선택하지 않았다. 나는 빨갱이가 되기로 선택하지 않았고, 빨갱이의 딸로 태어나겠다 선택하지도 않았다. 태어나보니 가난한 빨갱이의 딸이었을 뿐이다. 선택할 수 있다면 누군들 빨갱이의 딸을 선택하겠는가. 선택할 수만 있었다면 나는 당연히 이부진이나 김태희의 삶을 선택했을 것이다. 얼굴도 모르는 빨갱이 아버지의 아들로 태어난 황사장 또한 그러했을 것이다.

안개가 점령했던 도로에는 오월 첫날답지 않게 이른 아침부터 뜨거운 뙤약볕이 내리쬐고 있었다. 그 빛 속으로 나보다 더 억울하게 당하고 살아온 큰집 길수오빠가 허적 허적 걸어오고 있었다. 위암 말기인 오빠는 동식씨 말마따나 낼모레 아버지 뒤를 따른다 해도 이상하지 않을 정도로 병색이 완연했다. 지난해 말 위암 말기 판정을 받기 직전 오빠는 부군수 승진을 앞두고 있었다. 내놓을 것 하나 없는 우리 집안에서 가장 잘나가는 사람이었다.

오빠는 빨갱이 작은아버지를 둔 덕분에 육사에 합격하고도 신원조회에 걸려 입학하지 못했다. 우리 아버지가 오빠 앞길을 막은 게 큰어머니는 세상 떠날 때까지 천추의 한이었다. 오빠는 마음은 어땠을지 모르나 겉으로는 단 한마디도 하지 않았다.

오빠가 육사에 떨어졌을 때 나는 이제 막 열살이 된 참이었다. 함박눈이 퍼붓는 산골의 겨울 오후, 아랫집에서 느닷없는 울음소리가 들렸다. 여자 소리였고, 큰집 언니들은 초등학교만 마친 뒤 죄 서울 공장으로 떠나 아랫집에 여자라곤 큰어머니뿐이었다. 울음이 잦아들지 않는데 어머니 아버지는 가볼 생각을 하지 않았다. 저녁 차릴 생각도 하지 않았다. 안절부절 엉덩이를 들썩이는 나를 어

아버지의 해방일지 77

머니가 가만히 주저앉혔다. 깜깜해진 뒤에야 아버지가 입을 열었다.

"밥이나 묵세. 그런다고 굶어 죽을랑가!"

"글지라. 묵어야 또 살지라."

어머니가 내 머리를 쓰다듬고는 굼뜨게 몸을 일으켰다. 평생 로션 한번 바른 적 없는 어머니 얼굴에 하얀 버짐이 눈물처럼 번져 있었다.

다음 날 아침, 날이 밝자마자 큰집으로 달려갔다. 웬일로 큰집 가는 길에 눈이 수북했다. 평소에는 아버지가 제일 먼저 눈 온 흔적도 없이 말끔하게 뚫어놓는 길이었다. 큰집 마당에도 눈이 수북했다. 아무도 밟지 않은 마당에 발자국을 남기며 막 큰집으로 들어서는데 부엌에서 큰어머니가 불쑥 머리를 내밀었다. 손에는 김이 모락모락 피어오르는 물바가지가 들려 있었다. 큰어머니가 내가 서 있는 방향으로 물을 획 끼얹었다. 피시식 소리를 내며 하얀 눈이 녹아내려 내 앞으로 좁은 길이 뚫렸다.

"어무이!"

길수오빠가 마루에 선 채 나지막하지만 날 선 목소리로 불렀다. 길수오빠 말이라면 꿈뻑 죽는 큰어머니가 웬일로 고개도 돌리지 않은 채 나만 뚫어지게 바라보며 쏘아붙였다.

"저 집 종자는 꼴도 보기 싫옹게 치와라!"

"어무이! 쫌!"

불덩어리가 뚝뚝 떨어지는 듯한 눈으로 나를 노려보던 큰어머니가 휙 돌아섰다. 치맛자락에서 쌩하니 찬바람이 부는 듯했다.

"난중에 오니라."

마루에 서서 나를 가만히 바라보던 오빠가 그 말만 하고는 방으로 들어가버렸다. 나만 보면 하다못해 고구마말랭이라도 쥐여주면서 이번엔 몇등 했냐, 요새는 무슨 책을 읽었냐, 곰살맞게 굴던 오빠였다. 오빠는 친척 중에서 나를 가장 예뻐했다. 나도 길수오빠를 제일 좋아했다. 우리 집안에서 책 좋아하고 공부 좋아하는 사람은 오빠와 나뿐이었고, 그 때문인지 우리 둘만 공유하는 특별한 세상이 있는 것 같았다.

나는 토요일 오후만 되면 한시간씩 걸어 오빠 마중을 나갔다. 읍내서 학교에 다니던 오빠가 주말마다 집에 다니러 왔기 때문이다. 오빠는 고등학교에 입학하면서 낡은 짐자전거를 샀다.

"오빠 보고 자파서 여개꺼정 마중 나왔냐?"

다정하게 머리를 쓰다듬은 오빠는 나를 번쩍 들어올려 짐칸에 앉혔다. 그러고는 안장에 엉덩이를 붙이지도 않고 힘주어 페달을 밟았다. 리듬을 타고 오른쪽 왼쪽, 올라 갔다 내려가는 오빠의 등에 뺨을 붙이고 있노라면 앞으로 살아갈 날들이 이렇듯 경쾌하고 신날 것 같았다.

큰집 마당에 홀로 서서 나는 예감했다. 오빠와 나의 시간들이 끝났다는 것을. 무슨 일인지도 모르는데 이상하게 미안하고 무참했다. 나는 조심스레 내 발자국을 그대로 밟으며 큰집을 나왔다. 순백의 마당에 더는 무슨 자국이라도 남기면 안 될 것 같았다.

일반대학에 진학할 형편이 되지 않았던 오빠는 봄이 되자마자 군대에 갔다. 몇달 지나지 않은 가을, 마치 오빠 볼 면목이 없기라도 한 듯 아버지도 감옥으로 갔다. 물론 제 발로 들어간 것은 아니다. 언제나처럼 장에 갔다 담당 형사를 우연히 마주쳤고, 지금까지 못 본 척하던 그가 무슨 일이었는지 아버지를 냅다 붙잡았을 뿐이다. 감옥에 다시 수감되었다는 소식을 며칠 후에야 들었다. 아버지도 없는 반내골에서 먹고살 길이 막막하여 어머니와 나도 읍내로 이사했다.

제대한 오빠는 훌쩍 어른이 되어 있었다. 간혹 마주칠

때가 있었지만 오빠는 예전처럼 살갑지 않았다. 누구에게나 그랬다. 어른이 된 오빠는 예전의 오빠가 아니었다. 누구와도 말을 섞으려 하지 않았고, 무엇을 해도 건성이었다. 몇년 뒤, 연좌제가 풀리고 오빠는 공무원 시험에 합격해 말단 공무원이 되었다.

그 이후 오빠의 삶에 대해서는 알지 못한다. 똑 부러지게 일 잘한다고 칭찬이 자자하네, 승진을 제일 빨리 했네, 면장 딸이 홀딱 반해서 중매가 들어왔는데 야멸차게 딱지를 놓았네, 뭐가 모자라다고 저보다 한참 모자란 여자와 결혼을 했네, 마누라 닮아서 예쁘지도 똑똑하지도 않은 아들을 낳았네, 그런 정도가 내가 들은 전부다.

그런 말을 들을 때마다 나는 함박눈 내리던 겨울날이 떠올랐다. 오빠의 마음속에도 그날이 사무치게 남아 있을 터였다. 그날을 마음에 품은 채로 오빠와 나는 멀어지면서 살아온 것이다. 빨갱이의 딸인 나는 오빠를 생각할 때마다 죄를 지은 느낌이었다. 빨갱이의 딸인 나보다 빨갱이의 조카인 오빠가 견뎌야 했을 인생이 더 억울할 것 같아서였다. 자기 인생을 막아선 게 아버지의 죄도 아니고 작은아버지의 죄라니!

자기 인생을 막아선 작은아버지의 장례식장에 나타난

길수오빠가 함박눈 내린 그 겨울날처럼 나를 가만히 바라보고 있었다. 왔노라는 말도 없이. 나도 말없이 앞장서 조문실로 들어갔다. 동식씨가 벌떡 일어나 신발장 앞으로 달려갔다.

"왔능가? 못 올 줄 알았네."

동식씨가 부축하려 했으나 오빠는 조용히 그 손을 밀어냈다.

"……와야제."

앙상하게 여윈 몸으로 오빠가 걸어오는 사이, 나는 휴게실에 누워 있던 어머니에게 갔다. 깜빡 졸았던 것인지 내가 어깨를 흔들자 어머니는 소스라치며 깨어났다.

"작은오빠 왔어."

"아이고, 몸도 성치 않은 사램이 멀라고 왔으까이. 먼고마운 사램이라고."

어머니가 허둥지둥 달려 나갔다. 어머니는 길수오빠의 손을 잡은 채 그대로 주저앉았다. 어머니 손에 끌려 어정쩡하게 꿇어앉은 오빠의 몸피가 어린아이처럼 가늘었다. 어머니는 그런 오빠의 어깨와 팔을 자꾸만 쓸어내렸다.

"워째야 쓰까…… 워째야 쓰까이."

어머니가 안타까워하는 것은 죽은 아버지가 아니라 곧

죽을 길수오빠였다. 곧 죽을 몸으로 죽은 자를 조문하는 마음이 어떨지 짐작조차 되지 않았다. 나는 어머니를 일으켜 상주 자리에 앉혔다. 나라면 이런 자리에서 누군가의 위로를 받고 싶지 않을 것 같았다. 나보다 더 야무지고 자존심 강한 오빠도 같은 심정일 터였다.

오빠는 무덤덤한 얼굴로 아버지 영정을 향해 두번 절을 올렸다. 그리고 나와 맞절을 했다. 어머니는 절조차 버거워 보이는 오빠를 보며 울기만 했다.

"워쩌끄나 워째야 쓰끄나……"

후렴구처럼 탄식을 늘어놓으며.

나야말로 어째야 쓸지, 오빠를 어떻게 대해야 할지 난감하기 짝이 없었다. 다행히 눈치 빠른 동식씨가 오빠를 자기 테이블로 이끌었다. 변죽 좋고 오지랖 넓은 사람이 귀찮기만 한 것은 아니다. 아무래도 아버지 장례에서는 나보다 동식씨가 더 유용할 듯싶었다. 나는 남의 장례식장도 몇번 다녀보지 않았다. 주로 조위금만 보냈다. 번잡한 데는 딱 질색인 데다 남의 불행을 위로하는 재주 따위도 없기 때문이다. 당연히 장례 절차도 몰랐다. 동식씨가 아니었다면 병원에서부터 난감하기 짝이 없었을 것이다. 나보다 먼저 병원에 도착한 것도, 장례식장을 정한 것도, 영정사진을 가져온 것도, 부고를 알린 것도 다 동식씨였다.

동식씨는 나를 대신해 종이컵 가득 물을 따라 오빠 앞에 놓았다. 병색이 완연한데도 허리를 반듯하게 곧추세우고 앉은 오빠는 물에는 손도 대지 않았다.

"좀 워쩐가?"

내가 묻고 싶었으나 묻지 못한 말을 동식씨가 대신 물었다.

"그렇지 뭐."

"뭣이나 쫌 묵는가?"

그렇다 아니다, 오빠는 어느 쪽으로도 대답하지 않았다. 입 밖으로 내뱉지 못하고 삼켜버린 작은아버지에 대한 원망이 평생에 걸쳐 자라고 자라 오빠의 목숨을 빼앗고 있는 건 아닐까, 문득 그런 생각이 들었다. 내 아버지에게 원망이라도 쏟아내본 적이 있는지 물어보고 싶었다.

"오빠……"

묻고 싶어 부르긴 했으나 어떻게 말을 꺼내야 할지 막막했다. 그 겨울 이래 우리는 인사 외에 말을 나눠본 적이 없었고, 그사이 근 삼십년 넘는 시간이 흘러가버렸다. 멈춘 시간을 다시 흐르게 하는 재주가 나에게도 오빠에게도 없었다. 나를 가만 보던 오빠가 고개를 끄덕이며 말했다.

"괜찮다. 괜찮아."

자기 상태가 괜찮다는 것인지, 죽음이란 것도 괜찮다는 것인지, 살아남은 자들은 그래도 살아질 테니 괜찮다는 것인지 알 수 없는 채로 불현듯 눈물이 솟구쳤다. 그 눈물의 의미도 나는 알 수 없었다. 오빠는 우는 나를 가만히 지켜보기만 했다. 고요한 눈빛으로. 아버지의 죽음뿐만 아니라 곧 닥칠 자신의 죽음까지 덤덤하게 수긍한, 아니 죽음 저편의 공허를 이미 봐버린 눈빛이었다. 그 눈빛 앞에서 차마 더는 울어지지 않았다. 내 울음이 사치스럽게 느껴졌기 때문이다. 본디 눈물과는 친하지 않기도 했다.

오빠가 테이블에 손을 짚은 채 몸을 일으켰다. 왔을 때처럼 오빠는 휘적휘적 힘겨운 걸음을 옮겼다. 허리띠를 졸라맸는지 허리춤에서 엉덩이까지 어른 주먹 몇개는 들락거릴 정도의 주름이 잡혀 있었다. 삶이란 것이 오빠의 몸에서 빠져나가고 있는 듯했다. 나는 오빠가 밝은 햇빛 속으로 사라져가는 뒷모습을 오래도록 바라보았다. 오빠는 자기 인생의 마지막 조문을 마치고 자신의 죽음을 향해 걸어가는 중이었다.

*

　주차장에서 시끌벅적한 울음소리가 들려왔다. 반내골 사는 사촌 언니들이 도착한 모양이었다. 언니들이 아니고는 이렇게 요란할 리 없었다. 한 언니는 반내골 남자와 결혼해 평생 반내골에서 살고, 두 언니는 오래 타지에서 살다 늘그막에 고향으로 돌아왔다. 오래 떨어져 살았어도 사촌 언니 셋은 똑같이 오지랖 넓고 인정이 많았다. 바꿔 말하면 끼지 않는 데가 없고 오만 간섭을 다한다는 의미였다. 게다가 우리 식구와 달리 흥도 많고 번잡했다.

　어머니 칠순 때였다. 나는 대학원에 재학 중이었다. 그동안 부모님 생일잔치고 환갑잔치고 하지 않았다. 아니 못했다. 마흔에 나를 낳았으니 어머니 환갑 때 나는 고작 대학생이었다. 학자금 대출로 겨우겨우 대학생 신분을 유지하는 주제라 잔치 같은 건 언감생심 꿈도 꿀 수 없었다. 원생일 때는 어찌어찌 이백만원을 마련해서 작은 식당을 빌렸다. 이백만원으로는 부모님 한복 한벌, 식당 밥값도 간당간당했다. 제일 비싸다는 만오천원짜리 정식으로 예약하고 싶었지만 그러자면 손님을 줄여야 할 판이었다. 고민 끝에 속 깊은 친한 언니에게 전화를 했다.

언니는 구례서 떡집을 하고 있었다. 그래서 떡집 언니라 불렀다. 언니는 어머니 동료의 딸이다. 연락책이었다는 떡집 언니 어머니는 입산을 하지 않아 구속은 면했다. 그이는 남편도 없이 자식 다섯이나 딸린 자기 형편은 아랑곳하지 않고 감옥에서 나온 어머니와 오며 가며 마주칠 때마다 주머니를 탈탈 털어주었다고 한다. 딸이 떡집을 하면서부터는 무조건 떡집으로 끌고 가 위병 앓는 어머니가 밥 외에 유일하게 먹던 쑥떡을 양껏 먹이고 것도 모자라 딸 몰래 한아름 싸주었다. 그이가 죽고 난 뒤 떡집 언니는 내 어머니를 당신 어머니처럼 모셨다. 떡이며 전은 물론 김치에 온갖 반찬을 수시로 날랐다. 어머니에게는 나보다 더 딸 같은 사람이었다. 말도 가만가만하게 하는 언니는 행동도 가만가만, 엄전하기 짝이 없었다.

"자네, 거그 밥 안 묵어봤제? 만원짜리만 해도 찬이 겁나 나오네. 다 묵도 못해. 손님이라야 다 노인네들일 텐디 뭣을 월매나 묵는다고 그 비싼 걸 시킨당가. 학생이 먼 돈이 있다고……"

어떻게 할까 의논하는 나에게 언니는 가만가만 말했다. 그러고는 덧붙였다.

"떡은 나가 할라네. 나가 떡집을 헝게."

언니는 떡만 해 오지 않았다. 전라도 잔치에 빠지지 않는 홍어무침에 각종 전과 직접 만든 양갱은 물론, 식당 솜씨를 못 믿는지 김치까지 담가 왔다. 덕분에 훌륭한 상이 차려졌다. 어머니는 난생처음 딸이 해준 옷을 두루마기까지 차려입고 내내 눈물을 훔쳤다. 아버지는 언제나처럼 무표정했지만 테이블마다 돌아다니며 권하는 술을 웬일로 족족 마시는 걸 보니 꽤 흡족한 듯했다. 나름 만족스러운 잔치였다.

식사가 끝나갈 무렵 사촌 언니가 나를 불렀다.

"아가, 밴드 원제 오냐?"

잔치에 밴드를 부른다는 건 금시초문이었다. 밴드가 있는 자리에 가본 적도 없었다.

"안 불렀는데요."

"웜마. 밴드 읎는 잔치는 앙꼬 읎는 찐빵인디."

"엄마 아빠가 시끄러운 걸 싫어하셔서 생각을 못했네."

"우리 애기가 다 잘했는디 고것은 잘못했그마. 우리헌티 물어라도 보제."

밴드가 없어도 술자리가 무르익자 사촌들은 젓가락을 두드리며 뽕짝을 불러 젖히기 시작했다. 예약 시간이 끝났는데도 그칠 기미가 보이지 않았다. 부랴부랴 지하에 있는 노래방을 예약했다. 부모님은 남사스럽게 무슨 노래 냐며 노래방에 들어와보지도 않고 꽁무니가 보일세라 도 망쳐버렸다. 나만 꼼짝없이 붙잡혀 곤욕을 치렀다.

알고 보니 고씨 피가 한방울이라도 섞인 사람은 큰집 작은집, 큰고모 작은고모 가릴 것 없이 음주가무에 능했 다. 앉아 있는 사람은 오직 나뿐이었다. 개중 몇은 가수 라 해도 믿을 만큼 솜씨가 좋았다. 제일 큰 방을 빌렸는데 도 이십명 남짓한 사람이 죄 무대로 나가 춤을 춰대니 발 디딜 틈이 없었다. 나는 벽에 바싹 붙어 있다가 술과 흥에 취한 친척들이 더이상 나를 찾지 않을 즈음 조용히 도망 쳤다. 아무도 보지 못한 게 그나마 그날의 천운이었다.

"아이고, 아이고!"

큰집 큰언니가 통곡을 하며 들어오더니 접객실 바닥에 몸을 던졌다. 큰언니는 온몸으로 우는 중이었다.

"아이고, 난리통에도 살아난 짝은아배가 이리 허망허 게 갈 중 누가 알았대!"

우 몰려온 언니들이 사방에서 나를 끌어안고 울음을 터뜨렸다. 언니들에게 안긴 채 눈만 뒤룩거려 사방을 보 았으나 작은아버지는 보이지 않았다. 다행이라 해야 할지 서운하다 해야 할지⋯⋯ 스스로도 마음을 헤아리기 어려웠다.

언니들의 울음은 좀처럼 멎지 않았다. 동생 앞날 막은 작은아버지의 죽음이 이리 애틋하다는 게 나는 신기했다. 사촌들이 대놓고 아버지에게 뭐라 한 적은 내가 아는 한 없었다. 하지만 사촌들과 아버지 사이에는 묘한 장벽이 있었다. 한편으로 아버지는 입만 열면 옳은 말하는 잘나고 똑똑한 양반, 또 한편으로는 잘나서 빨갱이짓 하다가 집안 말아먹은 양반이었다. 그러니까 아버지는 고씨 집안의 자랑인 동시에 고씨 집안 몰락의 원흉인 것이다.

아버지가 사회주의에 막 발을 담갔을 무렵 초등학교 일학년이었던 큰언니는 총 멘 군인들이 교실로 쳐들어와 고상욱이 본 사람 손 들라고 엄포를 놓던, 겁나게 무서운 순간을 지금도 또렷이 기억하고 있다. 그 순간 아버지는 언니에게 대단한 사람이라고 각인되었다. 수십명의 군인도 못 잡은 사람이니까. 뭐랄까, 나 업어주던 이웃집 사람이 알고 보니 역사 속 인물 같은? 비록 패배의 역사이긴 했지만.

아무튼 그런 이유 말고도 아버지는 친척들 사이에서 겉돌았다. 일 없고 긴긴 겨울밤, 같이 화투 치자고 부르면 가지나 말 것이지 기어이 가서는 노름으로 세월을 허비해서야 쓰겠냐, 하다못해 『새농민』이라도 읽어라, 거기 미래농업이 있다며 초를 치고, 개나 돼지를 잡아 같이 먹자고 부르면 먹어 조지지 말고 애들 공부나 가르치라며 초를 치는 식이었다. 동네잔치에 가서도 아버지는 소주 한 컵만 딱 마시고는 발길을 돌렸다. 그러니 친척은 물론 동네 사람들도 어려운 일이 생길 때나 아버지를 찾지 수시로 임의롭게 우리 집에 드나들지 못했다. 그런 아버지의 죽음이 이렇듯 애틋할 수가……

게다가 아버지는 올해 여든둘, 조금 더 살았다면 좋았겠지만 죽었다고 그리 애통할 나이도 아니었다. 애통하다니. 애통한 건 아버지의 치매였다. 합리주의자였던 아버지가 치매에 걸린 뒤 변해가는 모습을 보며 어머니는 혈압에 당뇨에 고지혈증에 오만 병을 다 얻었다. 다른 사람 앞에서 실수할까봐 어머니는 아버지가 집을 나서는 것도 한사코 막았다. 그런다고 아버지의 고집을 꺾을 수는 없었지만.

아버지가 치매에 걸린 사실을 어머니와 나 외에는 박선생만 알았다. 언젠가 장날 집에 들른 큰언니가 아버지를 보고는 혀를 찼다.

"우리 짝은아배도 늙응게 추접끼가 드요이. 워째야

쓰까."

그 말조차 듣기 싫어 어머니는 밤새 속을 끓였다. 치매가 더 진행되어 나름 고결했던 지난 삶에 똥칠을 할까봐 어머니는 기를 쓰고 아버지를 단속했다. 아버지의 죽음 앞에서 어머니와 내가 안도의 한숨을 내쉰 것도 그 때문이었다. 아버지의 죽음은 마침맞았다. 누구도 치매라는 사실을 모를 때, 아직 남 앞에서 무너진 모습을 보이지 않았을 때. 어쩌면 전봇대에 머리를 박게 한 것은 죽어가는 뇌세포 어딘가 강인하게 살아 있던 아버지의 마지막 이성일지도 몰랐다. 그렇게 믿는 편이 내가 아는 아버지다웠다.

서럽게 울던 큰언니가 울음을 뚝 그치더니 물었다.

"아가, 상복은 워쩔라냐? 돈이 등게 나가 뭐랄 수는 없다만은 니 혼차 있어서 쓰겄냐. 넘들 보기도 숭허고이."

동식씨가 아니었으면 큰일 날 뻔했다. 나는 이때다 싶어 난생처음 안겨본 언니들 품을 벗어나 상복 네벌을 내왔다. 서울 사는 언니 둘은 오후나 되어야 도착할 터였다.

"암만. 그래야제. 이깟 것이 몇푼이나 헌다고 쩡쩡헌 사촌들이 있는디 니 혼차 상주를 해야. 펭상 고상만 했는디 가는 질이라도 든든해야제. 짝은아배도 좋아라 허실 것이다."

그럴 리가. 아버지는 유물론자답게 죽음 뒤를 믿지 않았다. 언젠가 어머니가 묫자리 운운한 적이 있었다. 지리산이 보이는 양지바른 자리에 묻혔으면 좋겠다는 말에 아버지가 또 신문을 착 덮었다. 그러고 보니 내 기억 속의 아버지는 십중팔구 신문이나 TV 뉴스, 라디오 뉴스를 읽거나 보거나 듣고 있었다. 아무튼 아버지는 예의 그 사팔뜨기 눈으로 어머니를 쏘아보았다.

"암만 혀도 자네는 유물론자가 아니구만. 죽으면 그걸로 끝인디 워디 묻히고 안 묻히고, 고거이 뭣이 중하대?"

방학 중이라 곁에 있던 내가 옳다구나 끼어들었다.

"아버지는 정말 무덤 필요 없어?"

"두말허면 잔소리! 땅덩어리나 아니나 쥐꼬리만 한 나라서 죽는 놈들 다 매장했다가는 땅이 남아나들 안 헐 것이다. 우리 죽으면 싹 꼬실라부러라."

입꼬리가 실룩이는 게 하고 싶은 말이 있는 눈치였으나 유물론자가 아니라는 말에 눌린 어머니는 더는 끼어들지 않았다.

"꼬실라서 니 펜한 대로 암 디나 뿌레삐레라. 고기밥이 되든동 밭에 거름이 되든동. 기왕지사 죽은 몸, 뭣이라도 도움이 돼야제."

유물론자다운 대답이 나는 만족스러웠다.

"그럼 제사는?"

"지사는 무신 지사. 헹제라도 많아서 펭계 김에 얼굴이나 볼라먼 모릴까 니 혼찬디 지사는 무신 지사."

아버지는 뼛속까지 유물론자였다. 부모가 여든 넘도록 장지 마련은 고사하고 영정사진 찍어둘 생각조차 못한 불효자식이었으나 아버지의 유지가 그러하였으니 따르면 될 터였다. 역시 유물론은 산뜻해서 좋다.

누군가 가만히 내 어깨를 두드렸다. 떡집 언니였다. 솜씨 좋다고 소문이 나는 바람에 떡집으로 언니는 제법 돈을 벌었다. 대신 관절염과 허리디스크를 얻었다. 몸이 힘들어 떡집을 그만둔 지 오래인데도 나는 여전히 떡집 언니라 불렀다.

"어디로 오셨어요? 내가 출입문 보고 있었는데?"

언니가 주방으로 연결된 뒷문을 가리켰다.

"여그 주방서 일허네. 일로 잘 모셨구마. 아자씨 가시는 질에 내 손으로 상이라도 채릴 수 있잖애."

언니들이 옷을 갈아입으러 들어간 상주 휴게실에서 또다시 울음판이 벌어졌다.

"사촌들 폴쎄 왔는갑네?"

오래 살면 보지 않고도 다 아는 모양이었다. 하기는 부고를 돌린 지 얼마 되지 않았으니 인근의 사람들이나 이 시간에 올 테고, 어머니가 저리 요란하게 울 리도 없긴 했다. 언니가 내 귀에 조용조용 속삭였다.

"사촌들헌티 상주 서달라고 부탁해봤능가? 자네 혼차서도 어련히 잘허겠제만 그래도 그 사램들 맴을 모릉게 넌지시 떠보소. 아매 좋아라 헐 것이네."

동식씨와 같은 말이었다. 딸 혼자 상주 하는 게 예법에 맞지 않아서인지, 딸이든 아들이든 혼자 서 있는 게 보기 안 좋아서인지 이해되지 않았지만 굳이 혼자 하겠다고 우길 이유도 없었다. 아버지는 무엇이든 혼자 힘으로 해낼 줄 알아야 한다고 노상 말했다. 하지만 자신의 장례식장에서 사촌들의 도움을 받는다고 뭐라 하지는 않을 터였다. 무엇보다 아버지 말대로 죽으면 끝 아닌가. 이곳의 일은 전적으로 내 선택이고 내 책임이었다.

"상복 갈아입으러들 가셨어요."

"잘했네. 원체 나서기 좋아허는 사램들잉게. 난중에 혹시라도 서운한 말 들리면 자네도 속상허잖애."

언니의 의중은 내 짐작과는 사뭇 달랐다. 국졸 언니만

큼도 사람의 마음을 헤아리지 못한 게 경황이 없어서만은 아니지 싶었다. 정확하고 분명하고 야무지다,는 게 나에 대한 일반적인 평가였다. 그런데도 터무니없이 헛다리를 짚을 때가 많았다. 아버지도 그랬다. 이래서 내가 평생 나를 옥쥔 빨치산의 딸임을 아예 부정할 수는 없는 것이다.

상복으로 갈아입은 언니들이 우 몰려나왔다. 언니 셋에 형부 셋, 큰오빠 내외까지 테이블 두개가 꽉 찼다. 떡집 언니가 가만히 내 옷깃을 당기며 평소와 달리 높임말을 썼다.

"잠깐 나와보시지라. 의논헐 일이 있그마요."

사촌들이 누구냐는 듯 일제히 쳐다보았다. 언니가 자리에서 일어나며 인사를 했다.

"여그 주방 담당이그마요."

"잘 부탁허요이."

주방 담당이라는 말에 사촌들은 이내 관심이 식었다. 언니를 따라 주방으로 갔다.

"밥이랑 국이랑 전이랑 여그 주방서 다 직접 허는디, 시켜야 허는 것이 있네. 일단 떡은 맽겨야 허고, 과일허고 수육도 시켜야 허네. 여그꺼정 기본이고, 도토리묵은 안 시켜도 되긴 허는디 젤 맛낭게 그냥 시키소. 돈은 쪼까 더 들겄제만 서울 사람들이 젤 좋아허대. 서울서도 제복싸니 올 것 아닌가? 자네가 허락만 허면 내가 알아서 주문할랑게 자네는 맘 펜히 아부지 보내드리소."

물을 것도 없었다. 나는 그런 일에 젬병이고 언니는 노련한 선수였다. 떡집을 하기 전에는 남의 상갓집이나 잔칫집에 다니면서 음식을 도맡아 하던 사람이었다. 언니가 맡아준다면 더할 나위 없었다. 아버지가 가는 복은 있는 모양이었다.

몇분 지나지 않아 언니가 뒷문 쪽에서 눈으로 나를 찾았다.

"아짐 암것도 못 드셨제? 체하실깨비 깨죽 쪼까 끓옜구마. 사촌들도 연세가 잡쇄놓게 워쩔랑가 싶어서 넉넉하게 했네. 드레보소."

언니가 깨죽과 반찬 두어가지 담긴 쟁반을 내밀었다.

"엄마 보고 가세요."

"난중에. 난중에 한갓질 때이."

언니는 두번 권할 새도 없이 주방으로 달음박질쳤다. 모르는 이의 장례라고 대충할 사람은 아니지만 오늘은 유달리 종종거리며 마음 쏠 게 분명했다. 아버지가 여느 망자들과 달리 당신을 애틋하게 생각하는 사람이 손수 만든 제상을 받을 거라는 데 생각이 미치자 죽으면 끝이라는 아버지의 유물론이 틀렸으면 좋겠다는 생각이 들었다. 아버지는 평소에도 언니가 가져다주는 반찬을 제일 좋아했다.

마지막 가는 길, 생전에 가장 좋아하던 음식을 맛있게 먹는 아버지의 모습이 환영처럼 떠올랐지만 나는 이내 고개를 저었다. 아버지는 내가 아는 한 단 한순간도 유물론자가 아닌 적이 없었다. 먼지에서 시작된 생명은 땅을 살찌우는 한줌의 거름으로 돌아가는 법, 이것이 유물론자 아버지의 올곧은 철학이었다. 쓸쓸한 철학이었다. 그 쓸쓸함을 견디기 어려워 사람들은 영혼의 존재를, 사후의 세계를 창조했는지도 모른다.

조금 전 통곡하던 사촌들은 어느새 자기들끼리 시끌벅적 담소를 나누는 중이었다. 활기찬 담소와 통곡 사이 어디쯤에서 서성이며, 나는 깨죽이 담긴 쟁반을 든 채 우두커니 그들을 바라보았다. 꿈결처럼 모든 것이 낯설었다.

*

황사장이 믹스커피를 건넸다. 밤새 한잠도 자지 못한 터라 진하게 내린 원두커피 한잔이 절실했지만 시골 장례

98

식장에 그런 게 구비되어 있을 리 만무했다. 오랜만에 마신 믹스커피는 몸서리가 쳐지게 다디달았다.

"동상. 워쩔랑가? 매장을 할랑가, 화장을 할랑가?"

고민할 것도 어머니와 상의할 것도 없이 화장을 선택했다. 꼬실라서 암 데나 뿌레뻐리라는 게 아버지의 뜻이지 않았는가. 설령 매장을 원했다 하더라도 내 부모는 당신들 묻힐 땅 한평 마련해두지 못했다. 나 또한 그럴 여력이 없었다. 집 담보대출을 받으면 공동묘지 한 필지쯤이야 살 수 있겠지만 그러기엔 이미 늦었다. 아버지는 그럴 시간을 두고 천천히 가지 않았다. 천성이 부지런했던 아버지는 가는 길도 재빨랐다.

"글면 우선 사망진단서를 떠와야 쓰는디…… 아부지 가신 벵원서 사망진단서를 한 열통쯤 떠오소. 상주가 혼차라 워째야 쓸랑가 모리겄네. 이래서 형제가 많아야 쓰는디……"

"언제까지 필요한데요?"

"빠를수록 좋제. 고놈이 있어야 화장장을 예약헐 수 있응게. 구례는 화장장이 없어가꼬 남원이나 순천으로 가야 허는디 늘 만원이라 예약허기가 빠듯허네."

지금까지 장례식장에 나타난 사람들은 다 노인들뿐, 천

생 더 바빠지기 전에 내가 다녀와야 할 듯했다. 오후가 되면 서울 손님들도 몰려들 터였다. 우리 말을 엿듣기라도 한 듯 동식씨가 사무실 문 사이로 빼꼼 얼굴을 디밀었다.

"니는 머 흔다고 바쁜 우리 동상을 자꼬 불러내쌓냐? 손님 맞을 상주를?"

"니 동상만 되냐? 내 동상도 되제. 사망진단서 떼오라고 불렀다, 왜?"

"머 흔다고 고런 시답잖은 일로 바쁜 동상을 귀찮게 해야? 나가 누구냐?"

오빠로 받아들인 적 없는 오빠들이 나를 두고 저희끼리 아웅다웅이었다. 동식씨가 점퍼 안주머니에서 두툼한 봉투를 꺼냈다.

"나가 동네 머심 박동식이여!"

아버지가 동식씨를 왜 아꼈는지 알 것 같았다. 아버지도 동네 머심이었다. 그것도 자청한 머심이었다. 아버지는 누가 시키지 않아도 동네일에 발 벗고 나섰고, 동네 사람들도 그걸 알아서 무슨 일만 생기면 아버지를 찾았다. 어머니는 우리 일 제쳐두고 남 일 우선인 걸 못마땅해했지만 나는 한갑자를 살고도 턱없이 사람을 믿는 순진함 — 솔직히 말하자면 어리석음 — 이 더 못마땅했다.

언젠가 모내기 철이었다. 동네 사람끼리 품팔이를 하는데 맨 마지막으로 우리 집 다랑논에 모를 심기로 한 날이었다. 새벽 한시쯤 전화벨이 끈질기게 울렸다. 남의 집 모를 심고 돌아와 초저녁부터 깊은 잠에 빠졌던 아버지가 벌떡 일어나 말끔한 목소리로 전화를 받았다. 같은 동네 사는 한씨였다. 구례서 광주고등학교까지 출퇴근하던 한씨 사위가 전날 회식을 하고 음주운전을 하다 압록에서 트럭에 깔려 즉사했다는 소식이었다. 딸이 중학교밖에 못 나왔는데 인물이 좋아 교사 사위를 얻었노라, 한씨가 입만 열면 자랑하던 바로 그 사위였다.

"택시부텀 불르소."

아버지는 대충 옷만 챙겨 입고 길 떠날 채비를 했다.

"아이고, 이리 가불면 우리 모내기는 워쩐다요?"

"당신은 사람이 죽었다는디 시방 고런 소리가 나온가!"

우리 식구 한해 먹거리가 달린 일이었다. 그런 소리가 나오는 게 당연했다. 논 스무마지기에서 나올 소출 중의 일부가 내 대학 등록금도 될 터였다.

"사램들 올 팅게 자네가 알아서 시키소. 나는 댕겨올라네."

"아이고, 주인이 지키고 서 있어도 넘의 일은 대충대충

허는 것이 사램 심보요. 나는 집에서 새참 준비해야 허는
디 누가 일꾼들을 본단 말이요? 한센 사위가 천애고아도
아니고 부모형제 있을 것 아니요? 그 사램들이 허면 되제
넘인 자개가 멀라고 쫓아나서까이."

사회주의자라면서 남의 일은 대충대충 하는 게 사람 본
성이라 확신하는 어머니가 아버지 앞을 가로막고 나섰다.

"오죽흐면 나헌티 전화를 했겠어, 이 밤중에!"

또 그놈의 오죽하면 타령이었다. 사람이 오죽하면 그
러겠느냐,는 아버지의 십팔번이었다. 나는 아버지와 달
리 오죽해서 아버지를 찾는 마음을 믿지 않았다. 사람은
힘들 때 가장 믿거나 가장 만만한 사람을 찾는다. 어느 쪽
이든 결과는 마찬가지다. 힘들 때 도움받은 그 마음을 평
생 간직하는 사람은 열에 하나도 되지 않는다. 대개는 도
움을 준 사람보다 도움을 받은 사람이 그 은혜를 먼저 잊
어버린다. 굳이 뭘 바라고 도운 것은 아니나 잊어버린 그
마음이 서운해서 도움 준 사람들은 상처를 받는다. 대다
수의 사람은 그렇다. 그러나 사회주의자 아버지는 그렇다
한들 상처받지 않았다. 그들이 그럴 수밖에 없는 것은 사
회의 구조적 모순 탓이고, 그래서 더더욱 혁명이 필요하
다고 믿기 때문이었다.

옳다고 생각하는 일에 절대 굽히지 않는 아버지가 어머니를 밀치고 어둠 속으로 발을 디뎠다. 그날 아버지는 트럭 밑에 깔려 산산조각난 한씨 사위의 시신을, 구급대원들조차 감히 손대지 못하는 처참한 시신을, 목 잘린 동지나 총 맞아 내장이며 뇌수 튀어나온 동지의 시신을 거둔 바 있는 빨치산의 특기를 되살려 직접 수습하고, 병원이며 장례식장을 주선하느라 동분서주하다가 밤늦게야 돌아왔다. 그때까지 어머니는 논에서 돌아오지 못했다.

어머니 예상대로 동네 사람들은 네모반듯하지 않아 비뚤비뚤한 다랑논의 네 귀퉁이에는 아예 모를 심지 않고 대충 일을 마무리했다. 어머니 혼자 별을 보며 스무마지기 귀퉁이마다 모를 심었다. 아버지가 곯아떨어진 뒤에야 네발로 기어 집에 돌아온 어머니는 까진 무릎에 아까징끼를 바르며 숨죽여 울었다. 누굴 닮았는지 모진 나는 어머니의 숨죽인 울음소리를 들으며 생각했다. 만에 하나 어머니가 월북했다면 자기 농사에 심혈을 기울이다 진작에 숙청당했을 거라고. 그것이 당신들이 믿는 사회주의의 실체라고.

오죽해서 새벽 한시에 아버지를 찾았던 한씨는 며칠 뒤, 돼지고기 두근을 사들고 찾아와 고맙다며 연신 울먹거렸다. 그러나 아버지가 대신 냈다던 택시비는 갚지 않았다.

"아버지의 민중이 그렇지 뭐."

내 비아냥에 아버지는 내가 남인 양 아니 남의 집 골칫덩이라도 되는 양 예의 그 사팔뜨기 눈으로 쏘아보았다. 그리고 말했다.

"오죽했으면 글겄냐! 그것도 못 주는 한센 맴은 오죽허겄어!"

오죽하기는 개뿔. 한씨는 얼마 있다 홀로 된 딸을 위해 집을 팔았다. 그 집에서 한씨가 십년간 계속 사는 조건이었다. 딸에게 줄 돈은 있어도 아버지에게 갚을 택시비는 그 뒤로도 영원히 생기지 않았다. 그러거나 말거나 아버지는 몇번이나 읍내와 광주를 쫓아다니며 사망보험금 처리를 대신 해주느라 바빴다.

아버지처럼 동네 머슴이라는, 그걸 자랑으로 삼는 동식씨가 아버지의 사망진단서 두장을 황사장에게 건네고 나머지는 나에게 건넸다. 사망진단서를 쓸 데가 많은 모양이었다. 빨갱이였던 아버지는 감옥살이를 마치고 나와서도 늘 특별취급을 당했다. 이사를 가면 주소지 경찰서에 미리 신고를 해야 했고, 사나흘 집을 비울 때도 무슨 일로 어디에 가서 누구를 만나는지 미주알고주알 알려야 했다. 다 늙어 이십 킬로짜리 밤 부대조차 들 수 없을 지경이 되어서도 아버지에게는 담당 형사가 딸려 있었다. 그때쯤에는 감시하는 사람도 감시받는 사람도 이골이 나서 형 동생 하며 술잔을 나누는 사이가 되긴 했지만. 어쨌든 죽어서야 아버지는 보통의 대한민국 국민다운 절차를 거칠 수 있는 모양이었다.

"워매, 내 정신 보소. 어이, 동상. 빨리 가보소. 반내 어르신들 총출동허셨대. 그 말 헐라고 와놓고는 어먼 새살만 떨었네이."

고향 손님들은 이미 조문을 마치고 사촌들 옆 테이블에 자리를 잡는 중이었다. 반내골 사람 중에 빠진 사람이라곤 작은아버지뿐이었다. 나는 작은아버지를 기다리고 있는 건가, 문득 그런 생각이 들었다. 탓하는 사람은 루저니 뭐니 그럴싸하게 작은아버지를 무시했지만 본능적으로 나는 아버지 딸인지도 몰랐다. 이데올로기의 격류에 휩쓸렸던 형과 아우가 죽음 앞에서라도 평범한 형과 아우로 화해할 수 있기를, 나는 아무래도 기대하는 모양이었다.

여든 넘은 노인네들 틈에 낯선 젊은 여자가 눈에 띄었다. 젊다고 해봤자 머리가 희끗희끗한 게 쉰은 되어 보였다. 어른들에게 인사를 마치고 나자 젊은 여자가 가만히 내 치맛자락을 잡았다. 다시 봐도 낯선 얼굴이었다.

"몰라보겠대요? 영자요. 장영자. 나는 언니 한눈에 알아보겠구만. 언니는 늙도 안 했네이."

영자라면 나보다 두살 아래인 장씨 집 맏이였다. 마지막으로 본 게 언제였는지 기억조차 가물가물했다. 영자는 중학교만 마치고 부산 신발공장에 취직했다. 명절 때 동생들 선물 보따리를 바리바리 싸들고 택시에서 내리던 모습이 어렴풋이 떠올랐다. 어느 명절인가 영자의 하이힐이 진흙창에 쑥 빠져 양손 가득 선물을 든 채 오도 가도 못하고 쩔쩔매던 모습이 마지막인 것도 같았다. 하이힐이라는 것을 신어본 적 없던 나는 진흙에 빠진 영자의 하이힐이 어쩐지 그애의 미래처럼 느껴져 가슴이 서늘했었다.

"부산 산다고 들었던 것 같은데 어떻게 왔어?"

"야가 느그 아부지랑 연은 연인갑서야. 마침 엊저녁에 다니러 왔당게. 그랬웅게 마지막 인사라도 허제 부산서 여그가 워디라고 역부러야 오겠능가."

영자와 아버지는 한 동네서 같이 산 인연으로만 얽힌 게 아니었다. 언젠가 장씨 아저씨가 우리 집에 와 한숨을 푹푹 쉬었다.

"말을 허소 말을. 말하러 왔으면 말을 해야제 워쩌라고 한숨만 폭폭 쉬어싼가? 천장 무너지겄네."

"또 까였다요."

"앞대가리 똑 짤라묵고 그리 말하면 먼 수로 알아묵겄능가?"

"영자 말이요. 암만해도 시집가기는 글른 것 같그만이라."

"인물이 훤헌디 먼 소리대?"

"가가 즈그 어매 닮아가꼬 냄새가 심하당게."

한동네서 유년기를 함께 보냈지만 나는 까맣게 몰랐다. 영자는 밑으로 동생이 일곱이었다. 서너살 때부터 영자는 저만 한 동생을 들쳐업고 똥기저귀를 빠느라 바빴다. 동네 아이들과 놀 새가 없었다. 그래서 다른 집 출입을 하지 않는 줄만 알았는데 그런 사정이 있었던 모양이었다.

"월매나 지독흔가 기숙사서도 지 혼차 잔다고 안 허요. 하루만 같이 자면 코를 틀어막고 내빼뿐당마요. 공장도 그만둬불고 집에 와가꼬는 밥도 안 묵고 처울기만 허고 있는디 내 속이 속이 아니요. 펭상 혼차 살라고 헐 수도 없고 워쩨야 쓸랑가 모리겄소."

"진작 나헌티 오제 멀라고 혼차 속을 끓엤쓰까이."

"먼 수가 있겠소?"

장씨가 아버지 곁으로 바투 앉으며 물었다.

"긍게 신문 좀 보고 살으라고 나가 내동 말했잖애! 요즘 같은 시상에 누가 암내로 시집을 가네 못 가네 흔당가. 수술만 허면 싹 고칠 수 있는디!"

장씨 눈이 휘둥그레졌다. 암내를 수술로 고친다는 건 나도 금시초문이었다. 아버지는 장씨 옆에서 구세주라도 되는 양 당당하게 수화기를 집어 들었다.

"이, 마침 집에 있었네이. 내일 나가 동네 처자 하나 델꼬 갈라네. 암내 땜시 수술을 할라는디 자네가 힘 쪼까 써야겠어."

동네 사람 병원 갈 일만 생기면 아버지가 득달같이 연락하는 전대병원 내과 의사였다. 어떻게 아는 사이인지 모르지만 그 의사는 아버지 같은 사람을 친구로 둔 죄로 내과 질환은 물론이요, 외과며 피부과, 산부인과에 이르기까지 어지간한 구례 사람 뒤치다꺼리를 다 해야 했다. 그러고도 연을 끊지 않은 걸 보면 아마 그 의사도 젊은 한때 붉은 물에 살짝 발을 담갔다 뺀 게 아닌가 싶었다.

아버지는 다음 날 하도 울어서 눈이 퉁퉁 부은 영자를 데리고 광주로 갔다. 수술을 마치고 돌아온 며칠 뒤, 장씨가 늦은 밤 막걸리를 들고 또 찾아왔다.

"나가 참말 속이 썩어 문드러지겄소."

"수술 잘 끝났는디 왜 또?"

"냄새는 안 나요."

"근디? 또 멋 땜시?"

"시집도 안 간 처녀 겨드랑이를 한자 가차이 쭉 째놨으니 가 심정이 워쩌겄소? 왼종일 처울고 있그만이라."

"몸에 칼을 댔는디 글먼 숭이 남제 안 남겄능가?"

물에 빠진 사람 구해놨더니 보따리 내놓으라는 짝이었다. 오죽하면 그러겠냐는 주의자 아버지도 이번에는 어처구니가 없는지 말없이 담배만 연달아 피워댔다. 그래도 암내보다는 수술 자국이 나았는지 얼마 지나지 않아 영자는 괜찮은 짝을 만나 결혼에 성공했다. 영자 소식을 들은 게 그게 끝이지 싶었다. 흰머리는 많아도 사는 게 고달프지는 않은지 어렸을 때도 예뻤던 얼굴에 자르르 기름기가 돌았다.

"아들 둘 딸 둘 놓고 잘 산다. 그거이 다 느그 아부지 덕이다야. 그때게 느그 아부지 말 듣고 수술하기를 참말로 잘했제. 안 그랬으먼 시집도 못 갈 뻔봤어야."

시집도 안 간 처녀 겨드랑이를 한자 가까이 쭉 째놨다

고 원망하던 장씨가 원망은 까맣게 잊고 덕담을 늘어놓았다. 말수 적고 얌전하던 영자는 나이 들었어도 수줍음은 여전해서 말없이 배시시 웃었다.

"흥 졌다고 몇날며칠 울었다면서?"

짓궂게 묻자 영자 볼이 발갛게 달아올랐다. 영자 대신 장씨가 얼른 말을 받았다.

"숭이 대수다냐? 시집도 못 갈 뻔봤는디?"

"세월 지낭게 숭도 얕아졌제라. 지금은 볼 만해라. 아저씨가 은인이그마요. 살아생전 소고기라도 사들고 인사를 드렸어야 허는디…… 살다봉게…… 지송하그만이라."

여공으로 사는 일이, 아이 넷 낳고 사는 일이 적잖이 노곤했으리라. 어린 동생 들쳐업고 똥기저귀 빨던 어린 시절처럼 동동거리며 살아왔을 영자의 지난 시간이 눈앞에서 본 듯 환하게 밝아왔다. 그 시간 속에는 우리 아버지 손잡고 가슴 졸이며 수술을 기다리던 순간도 존재할 터였다. 그러니 아버지는 갔어도 어떤 순간의 아버지는 누군가의 시간 속에 각인되어 기억을 떠올릴 때마다 생생하게 살아날 것이다. 나의 시간 속에 존재할 숱한 순간의 아버지가 문득 그리워졌다.

*

오후 들면서 이름도 얼굴도 모르는 조문객들이 몰려들기 시작했다. 내 손님들은 아직 도착 전이었다. 주로 아버지의 지인이었다. 사촌들이 번갈아 상주 자리를 지켜주었지만 그렇다고 내가 자리를 비울 수는 없었다. 누군가 아버지와의 추억을 늘어놓고 잠시 애도에 잠길 만하면 새로운 누군가를 맞아야 했다. 눈물조차 고일 새가 없었다. 내 인생에서 가장 분주한 사흘이 될 듯했다.

동식씨는 테이블을 누비고 다니며 나 대신 상주 노릇을 톡톡히 했다. 황사장은 한번씩 빼꼼 머리를 디밀어 상황을 파악하고는 장례비 걱정은 없겠다 싶은지 흡족한 미소를 지은 채 사라졌다.

큰언니가 누군가를 조문실로 데려왔다. 낯이 익었다. 언니의 큰딸 경희 같았다. 촌수로는 오촌, 나보다 대여섯 위지만 항렬로는 내가 위였다. 방학 때마다 큰집에 다니러 와 어린 시절에는 가깝게 지냈다. 내가 이모지만 어릴 때 대여섯이면 하늘과 땅 차이였다. 이랬니, 저랬니 앙증맞은 서울말 쓰는 게 신기해서 언니, 언니, 졸졸 따라다니던 기억이 선명했다. 할머니나 큰언니는 경희가 나에게

반말을 할 때마다 사정없이 등짝을 후려쳤다.

"꼬맹이가 이모는 무슨 이모야!"

경희는 어른들에게 매번 혼이 나면서도 당차게 따졌고, 단 한번도 내게 이모라 하지 않았다. 나도 어른 같은 경희에게 이모 소리를 듣고 싶지는 않았다. 다만 나보다 훌쩍 어른이면서 어른들 있을 때는 이름을 부르지나 말지 매를 버는 경희가 조금 답답했을 뿐이다.

"언니, 오랜만이네요."

"아이고, 아가. 안즉 언니랴? 조칸디 말을 놔야제, 언니가 뭐대 언니가?"

"그래요, 이모. 말 놔요."

죽어도 이모라고 부르지 않겠다던 경희가 긴 세월 지나 스스럼없이 이모라 불렀다. 누가 딸 아니랄까봐 경희는 생긴 것도 하는 짓도 언니 판박이였다. 요즘 세상에 애를 다섯이나 낳았네, 싹싹하기 이를 데 없네, 아버지가 칭찬하던 게 생각났다. 경희는 굳이 사촌들 틈을 비집고 궁색하게 끼어 앉았다. 큰집 사촌들은 남달리 의가 좋았다. 사촌들은 전국 각지에 흩어져 살 때도 계를 하면서 일년에 네번씩은 만나 잔치를 치르듯 거하게 놀았다.

"니는 손주 본담서 워치케 왔냐?"

작은언니가 묻자 경희는 도토리묵에 젓가락을 가져가
며 대답했다. 비싸긴 해도 도토리묵이 제일 맛있다더니
떡집 언니 말이 맞긴 맞나보았다.

"다른 사람은 몰라도 할아버지 가시는 건 봐야지, 이모.
할아버지가 나한테 어떻게 하셨는데……"

"위치케 했는디? 방학 때나 봤음시로 엄청시리 친한 것
맹키다이."

"짝은아배 덕에 시방 야 다리몽뎅이가 성한 것이여."

까맣게 잊고 있던 기억이 떠올랐다. 내가 고등학생이던
무렵이었다. 경희는 고등학교만 나와 무슨 회사 경리로
일하고 있었다. 여름 한낮인데 큰집에서 초상이라도 치르
듯 대성통곡하는 소리가 터져 나왔다. 잠시 뒤 큰언니가
머리채를 휘어잡은 채 경희를 질질 끌고 왔다. 경희는 여
전히 목청껏 울어 젖히는 중이었다.

"짝은아배. 야 잠 워치케 해주씨요. 이 썩을 년이 여호
와의 증인인가 머시긴가 푹 빠져가꼬 시방 우리 집이 다
망해묵게 생겼소. 숙자년이 교회에 미쳐가꼬 낼모레 죽을
놈헌티 시집을 갔잖애라. 교회 소리만 나오면 나가 치가
떨리고 살이 떨려요."

큰집 막내 숙자언니는 자매 중에 제일 인물이 좋았다.

큰언니와 터울이 많이 난 덕에 언니들 도움으로 고등학
교도 마쳤다. 언니들은 막내라도 좋은 데 시집보낼 거라
고 희망에 부풀었다. 읍내 중학에 다니면서부터 교회에
발을 디딘 언니는 목사 중매로 선을 보고 곧장 결혼했다.
부모 둘 다 집사인 신실한 기독교 집안이었다. 목사가 알
고 소개한 것인지 모르고 소개한 것인지 남편은 말기암
환자였다.

반년도 못 살고 세상을 떠난 남편이 남긴 거라곤 유복
자인 딸 하나뿐이었다. 아들을 낳아 대라도 이을까 했던
시집에서는 딸이 태어나자 언니를 핏덩이와 함께 내쫓았
다. 하나님을 믿는다는 자들이 어떻게 그렇게 인면수심일
수 있냐고 노발대발한 아버지가 언니를 앞세워 광주까지
쫓아갔다. 결과는 아버지의 참패였다. 말로도 어떻게 해
보지 못하고 구정물만 한바가지 뒤집어쓴 채 돌아온 아버
지가 상종 못할 것들이라고 쯧쯧 혀를 차면서 덧붙였던
말을 나는 지금도 기억하고 있다.

"워찌나 청산유순가 셋바닥에 신이 내렸는 중 알았당
게. 말문 터질라먼 예수 믿어야 쓰겄대."

동네서 말 잘하기로 소문난 아버지지만 사실은 말싸움
에도 몸싸움에도 젬병이었다. 누가 먼저 쌍욕이라도 날리

면 이미 아버지의 참패였다. 욕설에 대비하는 방식을 아버지는 알지 못했다.

"어이, 진정허소. 진정부텀 해야 가타부타 말을 헐 것 아닌가!"

진정한 사람은 싸우지 않는다. 가타부타 말할 수 있는 사람도 싸우지 않는다. 똑똑한 아버지가 그건 몰랐다. 그래서 아버지는 분이 머리끝까지 차 싸움에 임하는 사람을 절대 이기지 못했다. 그런 아버지가 총을 들고 백운산과 지리산을 누빈 역전의 용사라는 게 나는 좀처럼 믿지 않았다. 총을 메고 산이나 뛰어다녔겠거니, 발은 빠르니까, 그 시절의 나는 그렇게 확신했다.

사돈에게 된통 당하고 돌아온 아버지는,

"니 신세 말아묵은 그눔의 교회, 니가 사램 종자면 또 가든 않겠지야?"

철없이 철석같이 믿었다. 내 눈에는 숙자언니나 아버지나 똑같은 종류의 사람이었다. 산에서 죽을 고생을 하고 또 재조직을 하다 체포되었을 때 집안사람들은 아버지가 숙자언니를 보듯 보았을 것이다.

아버지가 긴 감옥살이까지 하고도 신념을 버리지 않았듯 숙자언니도 하나님에 대한 신념을 버리지 않았다. 자신에게 닥친 시련을 하나님의 시험으로 받아들여 더 깊숙이 종교에 빠져들었다. 그 이후 우리 집안사람들은 교회라면 체머리를 흔들었다. 그런데 여호와의 증인이라니. 경희언니, 이제 큰일 났다, 속으로 생각하면서 나는 조용히 자리에서 일어났다. 한바탕 소동이 벌어질 터, 나는 싸움 구경이라면 질색이었다. 막 방문을 열려는 찰나 아버지가 착 가라앉은 목소리로 말했다.

"냅둬라."

의외의 말에 경희가 먼저 울음을 뚝 그쳤다. 큰언니는 미처 상황 파악을 하지 못하고 되물었다.

"머라고라?"

"지 하고 자픈 대로 하게 냅두라고."

"짝은아배! 숙자년 꼴을 보고도 시방 그런 말이 나오요? 여호와의 증인인가 머시기는 교회보담 더한 디라는디?"

나도 묻고 싶었다. 종교는 인민의 아편이라며? 그러다 이내 이유를 깨달았다. 여호와의 증인이라면 아버지가 감옥에서 여럿 경험한 바 있었다. 그들이 이기적인 사회주의자 동료보다 낫다고 입이 마르게 칭찬하지 않았던가.

"전쟁 반대허제, 십일조 없제, 나쁠 것이 한나도 읎다. 전쟁 반대한다고 군대도 안 가고 감옥살이를 자청해서 하

는 놈들이어야. 참말로 대단허드랑게. 거개는 목사도 읎
다더라. 긍게 돈 뺏기고 신세 망치는 일은 읎을 것이다."

돈 뺏기고 신세 망치는 일 없다는 말에 큰언니 기세가
한풀 꺾였다. 참말이요,라고도 묻지 않았다. 집안사람 모
두 아버지가 금이라 하면 금인 줄 알고, 돌이라 하면 돌인
줄 알았다. 빨갱이가 되라는 말만 아니면 팥으로 메주를
쑨대도 믿을 터였다. 집안사람들은 틈만 나면 탄식했다.

"저리 겡우 바르고 똑똑헌 양반이 왜 하필 뽈갱이가 되
얐을꼬."

그래놓고는 꼭 한마디 덧붙였다.

"하기사 그 시절에 똑똑흐다 싶으면 죄 뽈갱이였응게."

"똑똑헌 사람만 뽈갱이였간디. 게나 고동이나 죄 뽈갱
이였제."

책에서 배운 바 없는 해방 직후의 세상이 그랬다는 것
을 나는 귀동냥으로 배웠다. 집안사람 다 인정하는 아버
지가 제 편을 들자 경희는 헝클어진 머리를 매만지며 기
세등등하게 큰언니에게 쏘아붙였다.

"엄마는 아무것도 모르면서! 역시 할아버지는 인텔리
라니까. 이런 촌구석에서도 우리 증인에 대해 다 알고 계
시잖아."

국졸 주제에 졸지에 인텔리가 되었으니 고마운 마음으로 가만히나 있지 아버지가 또 입바른 소리를 했다.

"아이, 겡희야. 생각이란 것은 월매든지 바뀔 수 있니라. 긍게 니도 찬찬히 잘 생각해보그라. 온 시상 과학자들이 다 진화론을 주장허잖애? 그 사램들이 다 핫바지겠냐? 긍게 교회 말만 듣지 말고 책도 읽고 공부도 함시로 하나님 말고 니 머리로 잘 생각해보란 말이다. 그러라고 사램머리가 달레 있는 것잉게."

제 종교를 인정했으니 대들 수도 없고 그렇다고 마뜩하지는 않고, 그날 경희는 입을 비죽거리며 한줌이나 빠진 뒷머리를 긁적거리며 돌아갔다.

경희의 신념은 아버지의 신념만큼, 혹은 그보다 더 굳건했다. 동생 둘은 물론 사촌들에게까지 제 종교를 전파하여 우리 집안에서 무려 여섯명의 증인이 탄생한 것이다. 산에서 내려온 뒤 단 한명에게도, 심지어는 자식에게조차도 사회주의를 전파하지 못한 아버지보다 실천력은 비교 불가능하게 탁월했다. 큰집 조카들 여럿이 여호와의 증인이 되었다는 말을 듣고 나는 생각했다. 우리 집안은 신념의 집안인 모양이라고. 종교든 이데올로기든 신념이 아니면 지키기 어려우니까.

아버지 말이 틀리지 않아 경희는 돈을 뺏기지도, 신세를 망치지도 않았다. 증인인 남편을 만나 금슬도 남부럽게, 자식도 다섯이나 낳고, 괜찮은 직장도 잘 다니며 잘살았다. 오래전에 반폰가 잠실인가, 화장실이 두개나 되는 아파트도 빚 하나 없이 샀다고 했다.

"그때게 짝은아배헌테 갔기를 망정이지. 느그 말만 들었다가는 겡희 잡을 뻔봤어야."

둘째언니가 도토리묵을 한입 가득 욱여넣으며 새는 발음으로 우물우물 물었다.

"우리가 위쪘가니?"

큰언니가 둘째언니 등짝을 쫙 소리가 나도록 후려쳤다.

"여호와의 증인 믿으먼 집안 말아묵응게 다리몽뎅이를 뿌사뿔라고, 니가 그랬냐, 안 그랬냐? 이래 잘사는 아그를 니 말 들었다가 벵신 만들 뻔했어야!"

"넘들이 다 근당게 걱정되야서 그랬제 나가 겡희 벵신 만들라고 그랬겄소? 잘살먼 됐제 고거이 원제적인디 시방 와서 난리대, 난리가. 와따, 할마씨가 손도 맵네이. 웜마 아파라."

둘째언니는 맞은 등짝을 문지르고 큰언니는 큰형부 닮아 이미 백발이 된 경희의 머리카락을 자꾸만 쓰다듬었

다. 저 머리가 윤기 자르르 흐르던 흑발이었던 그날 머리
채 휘어잡은 게 미안해서일 것이다.

"염색 좀 해라 가시내야. 안즉 환갑도 안 되얐는디, 누
가 보면 파파할맨 중 알겄다."

"그러게. 엄마를 닮았어야 하는데…… 왜 나쁜 쪽만 닮
았나 몰라. 얼굴을 아빠 닮고 머리는 엄마 닮고 그랬음 좋
았을걸."

큰언니가 이번에는 경희의 등을 찰싹 때렸다. 둘째언니
를 때릴 때와 달리 가볍고 경쾌한 소리가 났다.

"아이가. 나도 처녀 적에는 한 인물 했어야."

쉰도 넘었을 경희가 날름 혀를 빼물었다.

"웜마. 아이, 니가 말 좀 해봐라."

도토리묵이 듬뿍 담긴 새 접시를 가져오던 둘째언니가
어깨를 으쓱거렸다.

"인물은 헹부제. 헹부가 말 타고 사립문을 들어서는디
내 가슴이 다 콩닥콩닥 허드랑게. 겡희 니는 니 엄마 빼박
았어야. 헹부 탁했으면 미스코리아도 따 논 당상이었을
것인디."

"웜마, 요것들요이."

꺄르르, 웃음이 터져 나왔다. 상 끄트머리에서 인물은

언니보다 한수 위라는 큰형부가 사람 좋은 얼굴로 허허 웃고 있었다. 낯선 풍경이었다. 우리 집에서는 한번도 본 적이 없는. 우리 집의 대화는 대략 세가지 정도로 요약할 수 있다.

1. 긴요한 이야기. 이를테면 어느 대학 무슨 과를 지원할 것이냐,와 같은. 아버지가 물었고 나는 영문과에 가겠다고 말했다. 아버지는 신방과나 법대에 가서 기자를 하라고 했다. 나는 대꾸하지 않았다. 그걸로 끝! 긴요한 이야기에는 이런 것도 포함된다. 밥 묵을래, 국수 묵을래? 아버지는 밥, 나는 국수, 그러면 국수. 무시밥 묵을래, 그냥 밥 묵을래? 아버지는 무시밥, 나는 그냥 밥, 그러면 그냥 밥. 우리 집에서는 이런 긴요한 대화가 대화의 절반에 가까웠다. 밤 따러 가자, 밤 고르자, 큰놈을 왜 작은놈한테 넣어놨냐, 대충대충 하지 말고 제대로 좀 골라라, 수매하러 간다, 젤 존 놈은 아리 지도교수한테 보내게 따로 빼놔라, 뭐 이런 식의.

2. 정세 이야기. 내 부모는 눈만 뜨면 뉴스를 보았다. 그리고 주로 어머니가 물었다. 이번에는 누가 되겠소? 아버지는 누구누구, 답했고 대체로 적중했다. 박정희가 죽고 국무총리가 대통령 대행을 한다고 속보가 뜬 새벽, 어머

니가 물었다. 참말로 존 시상이 올랑가? 새벽부터 라디오를 끼고 있던 아버지는 시니컬하게 답했다. 존 시상이 그리 쉽게 오겠능가? 군부에서 가만 있겠어? 그때도 아버지 예언이 맞아떨어졌다. 우리 집에서는 늘 이런 말이 오고 갔다. 대학생이 된 나에게도 아버지는 늘 물었다. 느그 핵교는 워쩌냐? 민주학생회는 생겼냐? 대학생들은 광주항쟁을 워치케 생각허냐? 덕분에 나는 어려서부터 미국이 어쩌고, 북한이 어쩌고, 공화당이 어쩌고, 이런 이야기를 일상어로 들으며 성장했다. 이런 이야기가 긴요한 이야기를 제외한 대화의 반쯤 되었다.

3. 빨치산 시절 이야기. 이건 주로 나 모르게 빨치산끼리만 속닥거렸다. 물론 좁은 집이라 그래도 다 들렸다. 나 몰래 한 이야기가 우리 집안 대화의 반의 반의 반이었다는 얘기다. 나는 빨치산 이야기를 밤마다 엿들으며 현대사를 배웠다.

이렇게 말하고 보니 우리 가족이 별로 말을 나누지 않은 것 같겠지만 천만의 말씀. 우리 가족은 어느 가족보다 말이 많았다. 다만 그 말이 공적이고 논리적이고 정치적이었을 뿐이다. 그외의, 그러니까 보통의 가족이 주고받는, 너 요즘 무슨 고민이 있냐, 왜 공부를 안 하냐, 옷이 예쁘길래 사왔는데 입어봐라, 너는 왜 바지만 입냐, 남자친구는 있냐, 왜 연애를 안 하냐, 이런 말을 나누지 않았을 뿐이다. 세상으로 돌아왔지만 여전히 혁명가였던 내 부모에게는 연애도, 옷도, 화장도, 별 의미 없는 사치에 불과했다. 그 틈에 끼어 나는, 혁명가도 아닌 나는, 신념도 없는 나는, 일상의 평범한 대화를 맛보지 못한 채 어른이 되고 늙어가는 중이었다. 혁명가도 아니고 신념도 없는 주제에 진지하지 않은 것은 참지 못하는 꼰대 같은 어른으로. 그러니까 아버지, 나는 억울하다니까요! 그래봤자 아버지는 죽었고, 죽어서도 혁명가인 양 영정사진 속에서 근엄한 얼굴로 딴청을 피우고 있었다.

*

등짝을 문지르던 작은언니가 황급히 말을 돌렸다.

"언니. 전화 다시 넣어보소. 동기간이라고 인차 딱 하난디 코빼기도 안 비칭게 보기가 영 그네."

"안 받는당게. 안 받는 것을 나가 워쩔 것이냐."

"또 해보랑게. 인차 인나셨는가도 모르잖애."

언니들도 작은아버지가 마음에 걸렸던 것이다. 나 모르는 새 여러차례 전화를 해본 모양이었다. 경희를 금세 잊고 큰언니가 전화를 걸었다. 벨이 열번이나 울리도록 응답이 없었다. 큰언니가 내 눈치를 살폈다. 이미 작은아버지와 통화했다는 말을 나는 하지 않았다. 알고서도 오지 않는 걸 알면 언니들이 더 속상해할 것 같았다.

"아이, 금방 오실 것이다. 엊저녁에 또 취하셨능갑다. 성이 갔는디 와야제 안 오겄냐?"

나야 상관없었다. 보지 않는 편이 더 속 편할 것 같기도 했다. 그러나 그는 언니들 말대로 아버지의 살아 있는 유일한 혈육이었다. 평생 남만 못하게 살았지만 같은 피를 나눠 가진 형제였다. 그런 그들의 사이를 갈라놓은 것은 아버지의 사상이었다. 아버지는 옳아서 선택한 사상이었지만 그 사상이 작은아버지에게는 철천지한이었다. 내 얼굴에 서운함이라도 묻어났던 것일까.

"아이, 니는 모르지야?"

큰언니가 내 곁으로 바싹 당겨 앉으며 주위를 둘러보고는 속삭였다.

"아매 짝은아배도 모리셨을 것잉마. 나가 누구헌티도 말을 안 했응게. 나 말고는 암도 모리는 야그다."

고씨 집안사람들은 속엣말을 잘 참지 못한다. 누구보다 핏줄내림을 한 큰언니가 누구에게도 말하지 않은 일이 있다는 게 믿기지 않았다.

"긍게, 그거이 여순반란 때였제. 그때게 나는 일학년, 막냉이삼춘은 이학년이었어야. 삼성분교는 두 학년이 한 반잉게 삼촌이랑 나랑 한반이었단 말다."

작은아버지와 큰언니가 한살밖에 차이 나지 않는다는 사실은 처음 알았다. 그러니까 시어머니와 며느리가 한해 사이로 아들을 낳고 딸을 낳은 것이다. 할머니가 열셋에 시집을 왔으니 그럴 수도 있겠다. 그 시절에 드문 일은 아니었다. 연년생인데도 작은아버지라는 호칭 때문인지 나는 큰언니가 한참 아래인 것으로 알고 있었다.

여순사건이 나고 한 열흘 뒤, 큰언니는 가을걷이가 끝나고 아침저녁으로 팔에 소름이 돋던 늦가을 어느 날이라고 했다. 수배 중이라 한동안 보이지 않던 아버지가 14연대를 끌고 보무도 당당하게 나타났다. 14연대는 반내골에서 일주일 남짓 머물렀다. 작은 동네가 난생처음 사람들로 북적북적, 큰언니 말로는 잔칫집 같았다고 한다. 작은 아버지와 큰언니를 비롯한 동네 아이들은 젊은 군인들이 훈련하는 모습을 홀린 듯 구경하느라 시간 가는 줄 몰랐다. 어느 날 새벽, 큰언니가 군인들 구경하러 달려갔더니 북적이던 며칠이 꿈이었던 듯 다 사라지고 없었다. 반내골이 서리 맞은 호박잎처럼 처연해진 것 같았다. 어쩐지 언니도 풀이 죽어 학교로 갔다. 두시간 수업을 마치고 났는데 큰 총을 든 군인들이 교실로 들이닥쳤다.

"고상욱이 본 사람 손 들어!"

군인의 입에서 아버지의 이름이 불린 순간 여덟살이었던 큰언니는 가슴이 철렁 내려앉았다. 어린 나이였지만 언니는 직감적으로 고상욱이 작은삼촌이라는 말을 하면 안 될 것 같았다. 혹 누가 쟈가 고상욱이 조칸디라, 이르기라도 할까봐 언니는 가슴 졸이며 고개를 폭 수그렸다. 그런데 키가 작아 언니보다 두줄 앞에 앉아 있던 작은아버지가 번쩍 손을 들었다.

"고상욱이 우리 짝은성인디요! 짝은성이 문척멘당위원장잉마요."

면당위원장은 면에서 제일 높은 사람, 작은아버지는 형이 자랑스러웠던 것이다.

"요씨! 고상욱이 언제 봤어?"

"동네서 돼야지를 시마리나 잡아가꼬 군인들허고 한대엿새 잔치를 치렀는디요. 오늘 새복에 눈 떠봉게 가불고 없든디요."

옆자리였으먼 옆구리라도 찔퍽거레가꼬 고놈의 주둥이를 꿰매불고 싶등만은 떨어진 자링게 그랄 수도 없고, 나는 속이 타들어가는디 막냉이삼춘은 속도 없이 미주알고주알 오만 것을 다 일러바치지 않겄냐, 막냉이삼춘이 본래부텀 입이 방정이었단 말이다, 큰언니는 1948년, 여덟살 가을의 일을 엊그제인 양 생생하게 기억했다.

그날, 군인들은 아홉살 작은아버지의 등에 총을 겨눈 채 마을로 내려갔다. 아버지가 미리 몸을 피하라 일러둔 덕에 당시 구장이었던 할아버지밖에 마을에 남아 있지 않았다. 할아버지는 아버지와 달리 한민당 지지자였다. 붉은 물이 든 아버지를 가장 못마땅하게 여긴 것도 할아버지였다. 할아버지는 산속으로 피신하라는 아버지의 말을 듣고도 피하지 않았다. 아버지는 당연히 말을 전했으니 피한 줄 알고 있었다. 할아버지가 왜 피하지 않았는지는 모른다. 평소 우파였으니 반란군 편으로 몰리지 않을 거라 확신했을 수도 있다. 돼지를 세마리나 잡아서 잔치를 했다고 작은아버지가 이르지만 않았더라면 할아버지의 확신대로 살 수 있었을까? 그날 들이닥친 건 구례 경찰이 아니라 외지 군인들이었다. 며칠 전 14연대에게 호되게

당한 그들이 할아버지가 우파인지 좌파인지 일말의 관심이나 있었을까 싶다. 물론 지난 일이고 그날 그 자리에 있었던 사람은 군인들과 할아버지와 작은아버지뿐이었으니 이제 와 진실을 알 길은 없다.

군인들은 물러가기 전 집집마다 불을 놓았다. 유서 깊은 양반 가문의 한옥이든 상놈의 초가집이든 불은 훨훨 잘도 붙어 순식간에 반내골은 검붉은 화염에 휩싸였다. 집이 불타는 것을 보면서도 마을 사람들은 발만 동동 구를 뿐 불을 끄러 내려갈 수 없었다. 군인들의 모습이 신작로에서 사라진 것을 확인한 뒤에야 사람들은 마을로 내려왔다. 연기에 휩싸인 마을 정자 옆, 할아버지의 주검 곁에서 오줌을 지린 채 혼절한 작은아버지를 발견한 것은 큰언니였다.

"그때게…… 막냉이삼춘이 손만 번쩍 안 들었으면 할배가 안 죽었을랑가……"

큰언니가 옷고름으로 눈물을 찍으며 중얼거렸다.

그날, 반내골 사람들은 집이 죄 불타 이불 한채, 옷 한벌도 건지지 못한 채 입고 있던 옷 그대로 뿔뿔이 흩어졌다.

"우리는 외가로 가고, 할매는 막냉이삼춘이랑 고모들을 데꼬 워디로 갔능가 모르제. 난리 끝나고 돌아와봉게 막냉이삼춘이 딴사램이 돼부렀드라고. 전에 삼춘 벨맹이 촉새였어야. 눈만 뜨먼 나불나불, 암말이나 지껄여쌓는 통에 저눔의 입이 방정이라고, 입 잘못 놀리다 필시 겡을 칠 거라고, 할배가 천날만날 쎄를 찼었는디, 꿀 묵은 벙어리맹키 입이 위알로 딱 붙어부렀드랑게. 나 시집 갈 때꺼정 삼춘 입 여는 것을 댓번이나 봤을랑가…… 자개도 그날 입 촐랑거린 것이 영 맘에 쓰였겄제이. 긍게 일초도 안 닫히던 입이 영 닫혀분 것이여. 난중에 장가들고 새끼 낳고는 도로 쪼까 열리긴 했제만……"

그런 사연이 있는지 몰랐다. 그저 빨갱이 아버지 때문에 집안 망하고 공부 못한 것이 한이라 사사건건 아버지를 원망하는 줄로만 알았다. 아홉살 작은아버지는 잘난 형 자랑을 했을 뿐이다. 그 자랑이 자기 아버지를 죽음으로 몰아갈 줄 어찌 알았겠는가. 작은아버지는 평생 빨갱이 아버지가 아니라 자랑이었던 아홉살 시절의 형을 원망하고 있는 게 아닐까. 술에 취하지 않으면 견뎌낼 수 없었던 작은아버지의 인생이, 오직 아버지에게만 향했던 그의 분노가, 처음으로 애처로웠다.

"나도 그때게는 애기였는디 워째 그렁가 이날 입때껏 그날 일을 입도 뻥긋 못허겄드라. 생각해보믄 시상 잘못 만난 짝은아배도 짠허고, 막냉이삼춘도 짠허고…… 아매 막냉이삼춘은 시방도 그날 싱각을 하고 있는가 모르제. 그날, 두 헹제가 원수로 틀어졌응게……"

불타는 마을, 쨍한 가을 하늘을 온통 틀어막은 잿빛 연기, 그 연기 속에 오줌을 지리며 까무러친 아홉살의 작은 아버지, 총을 세방이나 맞고 눈도 감지 못한 채 조상 대대로 시를 읊던 정자 앞에 주검으로 누워 있던 할아버지. 큰언니의 이야기가 어찌나 생생했는지 나도 잠시 1948년의 가을 반내골에 서 있는 것 같았다.

"긍게 아가. 혹여 막냉이삼춘이 안 와도이, 너무 서운해 말그라. 자개 속은 속이겄냐? 필시 고주망태로 취해 있을 것이다."

아버지는 알았을까? 자기보다 한참 어린 막내가 면당 위원장인 당신을 그렇게나 자랑스러워했다는 걸, 그 자랑이 당신의 아버지를 죽음으로 몰아갔다는 걸, 그게 평생의 한이 되어 자랑이었던 형을 원수로 삼았다는 걸. 어쩐지 아버지는 알고 있었을 것 같다. 그래서 아버지는 수시로 작은아버지의 악다구니를 들으면서도 돌부처처럼 묵묵히 우리 집이나 작은집 마루에 걸터앉아 담배만 뻐끔거렸을 것이다. 하지만 정확히는 몰랐을 수도 있다. 아무도 보지 않은 그날의 진실을, 그날 작은아버지 홀로 견뎠어야 할 공포와 죄책감을, 보지 않은 누군들 안다고 할 수 있으랴. 역시 작은아버지에게는 작은아버지만의 사정이 있었던 것이다. 독한 소주에 취하지 않고는 한시도 견딜 수 없었던 그러한 사정이.

*

접객실도 시끌벅적한데 바깥에서 더 큰 소음이 들려왔다. 상복 옷고름으로 연신 눈물을 찍어내는 큰언니를 뒤로 하고 자리에서 일어났다. 늘 시끄럽고 어수선한 언니의 마음이 손톱만 닿아도 짓무를 농익은 수밀도 같다는 게 신기하고 놀라웠다. 내가 안다고 확신했던, 오지랖 넓고 입 걸죽한 언니는 진짜 언니였던가, 대체 내가 아는 것이나 있는가, 그런 생각을 하며 접객실 문을 열자 목발을 짚은 한 노인이 화환을 향해 지팡이를 휘두르고 있었다.

"군수? 이거는 또 뭐여? 국회의원?"

언제 왔는지도 모르는 화환들이 여남은개 늘어선 중에 제법 알려진 국회의원의 이름이 눈에 띄었다. 당연히 일

면식도 없는 사람이었다. 한때는 유명한 운동권이었고, 노동운동에 몸담았다가 지금은 진보정당의 국회의원인 사람이었다. 그런 사람이 어떻게 알고 어떤 이유로 화환을 보냈는지 알다가도 모를 일이었다. 구십년대 들어서면서 부모님 인터뷰가 몇번 언론을 탔고, 기자가 아니더라도 찾아오는 사람이 적지 않았다. 아마 그런 사람 중 하나가 아닌가 싶었다.

"빨갱이가 죽었응게 박수를 쳐야 마땅허제 나라 녹 묵는 사램들이 시방 머 흐는 짓거리대? 적화통일이라도 하자는 거여, 머여?"

어디 다녀오는 길인지 저만치서 황사장이 잰걸음으로 다가왔다.

"아이고, 왜 또 이래쌓소. 몰르는 사이도 아님서."

황사장이 노인을 사무실로 잡아끌면서 나를 향해 눈을 찡긋거리며 들어가라고 턱짓을 했다. 노인의 오른쪽 바지가 허벅지 아래로 헐렁했다. 다리도 불편한 노인이 힘은 장사인지 황사장이 용을 쓰는데도 꿈쩍도 하지 않았다.

"성님 친구람서? 성님 친구 초상에 훼방을 놔야 쓰겄소."

"친구는 무신 친구! 우리 성님헌티 뻘건 물 드레가꼬 우리 집안 말아묵은 놈이제. 아이고 시원타! 시원코 잘 죽

132

었다!"

황사장에게 조금씩 끌려가던 노인이 뒤돌아 침을 퉤 뱉었다. 빨갱이에게 손가락질하는 사람이 대한민국에 저 노인 하나뿐이겠는가. 그게 아버지가 살아온 세월이었다. 머리로는 그렇게 생각했으나 심장이 두근거렸다. 경우 바르고 똑똑한 아버지가 21세기인 지금도 누군가에게는 함부로 침 뱉어도 되는 빨갱이일 뿐인 것이다.

"어이, 황사장. 나가 분이 나겄능가, 안 나겄능가. 자네도 쪼까 생각을 해보소. 나는 베트콩들허고 싸우다가 다리 뱅신이 됐는디, 나헌티는 땡전 한푼 안 줌시로 저런 뿔갱이놈 멩 끊어졌다고 군수에 국회의원에, 화환이 시방 말이 되능가? 쩌놈이 독립군이여, 애국자여? 반역자여, 반역자!"

두 사람이 사무실로 사라진 뒤에도 나는 자리를 뜨지 못했다. 시멘트를 발라놓은 주차장에는 한여름 못지않은 뙤약볕이 작열하고 있었다. 달아오른 바닥의 열기가 아지랑이처럼 아른아른 피어올랐다.

"어이, 동상. 머 혼가. 들어가소."

아무 말도 나오지 않았다. 황사장이 다정하게 등을 두어번 토닥거렸다.

"담아둘 것 하나 없네. 초상만 나면 꽁술 잡수러 오는 양반이여. 뗑깡 부리고 술 몇잔 얻어묵는 것이 낙이랑게. 아부지 살아생전에는 잘 지냈음스로 술 잡숫고 자픙게 뻘짓을 허그마. 아부지가 만날 술도 받아주고 그랬는디…… 자개도 술 깨면 후회막급일 것이네. 걱정 말고 들어가서 일 보소."

황사장은 주방 쪽으로 총총 걸음을 옮겼다. 대접할 술과 음식을 가지러 가는 모양이었다. 술과 안주를 챙긴 황사장이 사무실로 돌아간 뒤에도 나는 오래도록 그 자리에 머물러 있었다. 공술을 먹기 위해서든 뭐든 노인의 말은 진실이었다. 대한민국의 수많은 사람에게 아버지는 그런 존재였다. 누군가는 노인처럼 잘 죽었다고 박수를 칠지도 몰랐다. 죽음 앞에서도 용서되지 않는 죄란 무엇인가. 해는 더 높아지고 볕은 더 따가워졌다.

황사장이 빼꼼 얼굴을 디밀더니 눈이 마주치자 나오라는 손짓을 했다. 황사장과 절름발이 노인이 화환 앞에 서 있었다. 나도 못 본 화환을 그제야 찬찬히 봤다. 구례와 곡성 군수, 정의당 국회의원, 총장, 학장, 학과장, 무슨무슨 출판사 따위의 화환이 이십여개쯤 줄지어 서 있었다. 대부분 내가 모르는 곳이었다. 짐작은 갔다. 절친한 선배가 모교의 총장이었고, 그이의 영향인 듯싶었다. 한때 학생운동을 했던 선배는 내 부모가 빨치산이라는 걸 알고 난 뒤, 고기 몇근을 들고 반내골까지 찾아온 적이 있었다. 출세를 한 지금도 그때의 마음이 어딘가 남아 있는 모양이었다. 삼일 지나면 버려야 할 화환에 돈 쓰는 게 마땅찮았지만 선배로서는 큰마음을 냈을 터였다. 이런 게 권력인가 잠시 생각하면서 좋아해야 할지 짜증을 내야 할지 망설이는 사이 베트남전쟁 상이용사인 노인네는 연신 고개를 주억거리며 화환들에 달린 리본의 글귀를 눈여겨 읽고 있었다.

"아리라 했제? 성님헌티 말 많이 들었네."

화환을 지팡이로 후려쳤던 노인네는 술이 들어가자 말끔해진 정신으로 내 이름을 불렀다.

"아까는 나가 쪼까 과했네. 우리 성은 죽고 성님만 살아온 것이 썽이 나서 그랬그마. 성님은 요래 뽀대나게 장례도 치르는디 우리 성은 암도 모리게 가부렀잖은가. 그래도 성님 덕에 우리 성 간 날도 알고, 시신도 찾았네. 성님 아니었으면 지사도 못 지낼 뻔봤제."

노인네가 지팡이를 오른쪽 옆구리에 끼고는 바지 주머니를 뒤지기 시작했다. 노인의 손에 달려 나온 것은 구깃

구깃한 지폐 몇 장이었다. 천원권과 오천원권이 뒤섞인 지폐를 노인은 기어이 내 손에 쥐여주었다. 탁탁, 지팡이가 시멘트 바닥에 닿는 소리가 멀어진 뒤 나는 구겨진 지폐를 하나씩 폈다. 만칠천원이었다.

"술값이라 치소. 술기운 떨어지면 또 올 것잉마. 나가 알아서 챙길랑게 동상은 신겡 쓰지 말고이."

아버지는 왜 하필 고향으로 돌아온 것일까, 나는 늘 궁금했다. 언젠가 물었더니 의아한 얼굴로 아버지가 되물었다.

"글먼 고향 냅두고 워디로 간다냐?"

구례는 아버지의 고향이기도 하지만 아버지의 전장이기도 했다. 아버지의 친척과 친구가 있는 곳이기도 하지만 아버지를 적으로 아는 사람도 있는 곳이라는 의미다. 그런데도 아버지는 고향에서 사는 데 거리낌이 없었다. 몇 년에 한번씩 바뀌는 정보과 담당 형사들과도 허물없이 농을 주고받으며 두루두루 잘 지냈다. 감시하는 형사와 술잔을 나누고 싶냐는 내 비아냥도,

"순겡은 사램 아니다냐?"

아버지는 대수롭잖게 받아넘겼다.

"몰르는 사램잉게 총질을 해대제 구례 사램들끼리는

안 그랬어야. 뽈갱이든 퍼렝이든 노상 얼굴 보고 살았는디 총이 겨눠지가니. 구례는 해방 직후에 친일파 숙청도 지대로 못했당게."

고씨 집안사람 하나가 친일파였다. 친일로 제법 돈을 모았고, 일본에 헌납도 한 모양이었다. 해방 직후 면의 젊은이들이 그를 당산나무 아래로 끌고 왔다. 쳐 죽이라는 고함이 터져 나왔다. 혈기왕성한 젊은이 하나가 낫을 들고 다가가자 누군가 빽 소리를 쳤다. 젊은이의 어머니였다.

"그 어른 아니었으면 니가 시방 산 목심이 아니어야!"

젊은이가 어린 시절 이질로 죽어갈 때 고씨가 병원비를 댄 것이다. 사람들이 한마디씩 보태기 시작했다.

"우리 애기 학벵 끌레가게 생겼는디 고씨 어른이 손을 써줬그마요."

고씨 성토장이 이내 미담장으로 변했다. 쳐 죽이자고 했던 젊은이들도 그만 머쓱해져서 흐지부지 흩어지고 말았다.

"민족이고 사상이고, 인심만 안 잃으면 난세에도 목심은 부지허는 것이여."

자신도 고씨처럼 인심을 잃지 않았으니 빨갱이라도 고향서 살 수 있다는 의미인 듯했다. 한때 적이었던 사람들

과 아무렇지 않게 어울려 살아가는 아버지도 구례 사람들
도 나는 늘 신기했다. 잘 죽었다고 침을 뱉을 수 있는 사
람과 아버지는 어떻게 술을 마시며 살아온 것일까? 들을
수 없는 답이지만 나는 아버지의 대답을 알 것 같았다. 긍
게 사램이제. 사람이 어떻게 그럴 수 있냐고 내가 목소리
를 높일 때마다 아버지는 말했다. 긍게 사램이제. 사람이
니 실수를 하고 사람이니 배신을 하고 사람이니 살인도
하고 사람이니 용서도 한다는 것이다. 나는 아버지와 달
리 실수투성이인 인간이 싫었다. 그래서 어지간하면 관계
를 맺지 않았다. 사람에게 늘 뒤통수 맞는 아버지를 보고
자란 탓인지도 몰랐다.

"아이, 아가!"

황사장이 누군가를 소리쳐 불렀다. 노란 머리 여자아이
였다. 아이는 몇시간 전, 노인네가 지팡이를 휘두를 때도
주차장 끝에서 얼쩡거리고 있었다.

"아이, 니 오거리슈퍼 손녀지야?"

황사장이 알은척을 하자 아이가 머뭇머뭇 내 쪽으로
다가왔다. 오거리슈퍼 손녀라면 나도 아이 아버지를 몇차
례 본 적이 있었다. 허리 꼬부라진 자기 어머니가 세평 남
짓한 좁은 가게에 틀어박혀 세월을 보내는 동안 그는 슈

퍼 밖에 내놓은 평상에 앉아 술로 세월을 보냈다. 무엇이 그를 좌절시켰는지는 모르겠으나 그도 작은아버지처럼 술이 유일한 벗인 듯했다. 누구와 대작을 하는 꼴도 본 적이 없으니. 필시 그의 딸일 아이는 열일고여덟이나 됐을까? 앳된 얼굴이었다. 피부가 유달리 가무잡잡했다.

"우리 아버지를 알아요?"

아이가 고개를 끄덕였다.

"어떻게 아는데요?"

흔하디흔한 삼선 슬리퍼를 시멘트 바닥에 문지르며 아이가 머뭇거렸다.

"……담배 친군디요."

나도 모르게 헛웃음이 새어 나왔다. 여든 넘은 아버지의 담배 친구라니. 기분이 상했는지 아이가 눈만 치켜뜬 채 나를 노려보았다.

"어쩌다가……"

눈꼬리는 사나워도 넙죽넙죽 말은 잘 받았다.

"교복 입고 담배 피우다가 할배헌테 들케가꼬 꿀밤을 맞았그마요. 양심 좀 챙기라대요. 최소한 교복은 벗고 피우는 것이 양심이라고……"

"그래서? 담부터는 양심 챙겼어요?"

"아니요. 학교를 때려쳤는디요?"

학교를 때려친 아이와 아버지는 같이 담배를 피우면서 친구가 된 것이다. 조문할 요량으로 온 것인지 아이가 접객실 쪽을 기웃거렸다.

국화꽃 한송이를 제단에 올린 아이는 가만히 서서 아버지 영정 사진을 응시했다. 조문이 처음인 듯했다.

"절할래요? 두번 절하면 돼요."

아이가 시킨 대로 두번 절을 올렸다. 나와의 절은 생략했다. 절을 올리고 난 아이가 쓱 얼굴을 훔쳤다. 나는 모르는 둘만의 사연이 있는 듯했다. 그냥 가려는 아이를 한갓진 안쪽 접객실 테이블로 이끌었다. 밥이라도 먹여서 보내는 게 좋을 것 같았다. 아버지라면 응당 그러했을 테니.

"우리 아버지랑 친했나보다."

아이가 콜라를 마시며 고개를 주억거렸다.

"할배가 그랬어라. 엄마 나라는 전세계에서 미국을 이긴 유일한 나라라고. 긍게 자랑스러워해야 헌다고. 애들은 천날만날 놀리기만 했는디……"

엄마가 베트남 출신인 모양이다. 어린아이를 데리고 미제국주의 운운, 아버지다웠다. 머리를 샛노랗게 물들이고 담배를 피우고 고등학교를 중퇴한 아이가 겪어왔을 세월을 나는 당연히 알지 못한다. 아버지는 알았을 테고 아버지 방식대로 위로했을 것이다. 아무렇지도 않게 대하는 게 아버지식의 위로였다. 그 위로가 때로는 누군가에게 상처를 주기도 했지만 대체로는 잘 먹혔다.

대학 시절, 한 친구를 집에 데려온 적이 있다. 그 아이는 어릴 때 심한 화상을 입어 오른쪽 검지 한마디가 뭉그러졌다. 군대는 언제 가냐는 아버지 질문에 친구가 화상 입은 손가락을 들어 보였다.

"좋겄네. 군대는 안 가겄그마. 새끼손가락에 화상을 입었으면 워쩔 뻔봤능가? 그랬으면 군대도 가야 했을 판인디……"

친구를 볼 때마다 손가락 때문에 조심스러웠던 나는 아버지 말에 밥을 먹다 말고 사레가 들렸다. 친구는 느닷없이 박장대소했다. 나중에 그 친구가 그랬다. 자신을 불쌍히 여기지 않고 다른 사람과 똑같이 대한 게 우리 아버지가 처음이라고. 어쩐지 아버지 말에 지금까지의 모든 설움이 씻겨 내리는 것 같았다고.

육개장을 먹던 아이가 식탁에 놓여 있는 소주병을 한참 쳐다보고는 다시 눈물을 훔쳤다.

"붙으면 술 사준다고 해놓고…… 할배는 씨…… 약속

도 안 지키고……"

아버지는 공부하자고 아이를 매일 졸랐다. 때로는 담배를 사주며 구워삶았다. 아이는 아버지 꼬임에 넘어가 검정고시를 준비하는 중이었다. 몇달 뒤 시험을 치른다고 했다. 시험에 붙으면 술을 사주겠노라, 아버지는 아이와 손가락을 걸고 약속했단다.

"그 술, 아버지 대신 내가 줄까요?"

미성년자긴 하지만 학생은 아니니 한두잔쯤이야 문제 될까 싶었다. 아이가 익숙하게 소주잔을 내밀었다. 한잔을 한입에 털어 넣은 아이가 부르르 몸을 떨었다.

"술은 첨인가보네?"

"아니요! 많이 마셔봤는디요!"

그 나이답게 아이가 호기롭게 외쳤다. 아버지가 이 아이와 친해진 이유를 알 것도 같았다.

"먹어본 폼이 아닌데?"

"쐬주라서 그래요. 맥주는 엄청 잘 마시는디요? 할배보다 더 쎄요! 근디 할배가 맥주도 술이냠시로 술은 쐬주라고, 자개가 쐬주맛 갈체준다고 그랬는디…… 졸라 쓰기만……"

쌍욕을 내뱉은 아이가 제풀에 놀라 제 입을 틀어막았

다. 샛노랗게 머리를 염색했어도 아이는 아이였다. 내 시선을 느꼈는지 아이가 제 머리카락을 흐트러뜨리며 쏘아붙였다.

"담에는 핑크로 염색할 건디요!"

날 선 시선만 받으며 살아온 모양이었다. 그런 시선에 지지 않으려는 아이의 기세가 아버지 마음에 들었을 것이다.

"핑크가 더 어울리겠네."

머쓱해진 아이가 얌전히 육개장을 먹기 시작했다.

"미용사 자격증 딸라고요. 할배가 자개 머리로 연습하라고 했는디…… 쳇, 머리칼도 월매 없음시로."

아이가 또 쓱 눈물을 훔쳤다. 검정고시에 미용사 자격증에, 학교를 떠난 뒤로 아이는 제 앞가림을 제대로 하기 위해 학생보다 더 열심히 시간을 보내는 중이었다. 노란 머리만 보고 노는 아이라 함부로 판단한 게 미안했다. 고봐라. 내가 뭐랬냐? 믿으랬제? 아버지가 살아 있다면 분명 그렇게 꾸짖을 것이다.

"어이! 아리! 좀 나와보소! 의장님이랑 어른들 다 오셨네!"

누군가 우렁찬 목소리로 외쳤다. 보지 않아도 누군지 알

만했다. 열셋에 아버지를 찾아 입산했다는 소년 빨치산이었다. 산에서 부모와 형제를 다 잃고 열다섯에 붙잡힌 그는 비전향장기수로 무려 37년이나 옥살이를 했다. 1989년에 풀려난 그는 반내골로 어머니를 찾아왔다. 어머니와 같은 남부군 소속이었다.

가을이었고, 무슨 일이었는지 나도 집에 있었다. 아버지와 같이 밤을 주우러 갔던 그는 양손 가득 감나무 가지를 꺾어 왔다. 밤밭과 우리 집 사이에는 당숙네 집밖에 없었다. 그 당숙은 자기 손녀에게도 쓰잘 데 없는 년이 밥축내는 것도 모자라 귀한 대봉까지 축낸다고 혼쭐을 내는 사람이었다. 막 익어가는 대봉이 주렁주렁 달린 걸 가지째 꺾었으니 동네가 한바탕 뒤집어질 게 뻔했다. 물색이 없다고 해야 할까, 속이 없다고 해야 할까, 내 구미에는 맞지 않는 사람이었다.

"남의 걸 묻지도 않고 왜 저런대?"

내가 한마디 했더니 어머니가 내 입을 틀어막았다. 다른 사람이 그랬다면 자기가 먼저 나무랄 어머니가 웬일로 그이 편을 들었다.

"애기라 근다. 애기가 머슬 알겄냐?"

나는 콧방귀를 뀌었다.

"늴모레 환갑인데 애기는 무슨……"

"열셋에 입산해 펭상 감옥살이만 했잖애. 세상살이를 배울 새가 있었거니. 긍게 니가 이해해라."

감옥에서는 잠만 잤나, 거기도 사람 사는 세상인데 세상살이를 왜 몰라, 목구멍까지 튀어나온 말을 나는 꿀꺽 삼켰다.

"어린 것이 월매나 발이 빨랐능가 혼차서 지리산을 누비고 댕김시로 온갖 연락을 다 도맡았느라. 무섭도 않냐고 했등만 그 어린 것이 글드란 말다. 우리 동지들 목심이 나한테 달렜다 생각하먼 한나도 안 무서와라……"

그 어린 것을 눈앞에서 보는 듯 어머니는 소맷자락으로 눈물을 훔쳤다. 그이가 막 걸음마 뗀 아이라도 되는 양 어머니는 며칠 내내 뒤를 졸졸 따라다니며 애틋하게 챙겼다.

"어이! 아리!"

빨치산들 모두 오냐오냐했다는 소년 빨치산이 목소리를 한층 높여 소리치고 있었다. 내가 나갈 때까지 멈추지 않을 기세였다. 원치 않은 손님이지만 상주이니 맞지 않을 도리가 없었다. 모퉁이를 돌아 소년 빨치산과 마주하기 직전, 나는 뒤돌아 아이에게 내 전화번호를 일러주었다.

"합격하면 전화해요. 아버지 대신 내가 소주 살게요."

비비크림을 발랐는지 눈물이 번져 얼룩덜룩한 얼굴로 아이가 고개를 끄덕였다. 아버지의 또다른 친구를 맞을 차례였다.

*

아버지 동지들의 추모제는 삼십분이 넘도록 끝나지 않았다. 조문실에 빙 둘러앉은 전직 빨치산들은 스무명 남짓 되었다. 소년 빨치산을 제외하면 대부분 아버지 또래, 그러니까 여든이 넘은 나이였다. 노구를 이끌고 서울에서 부산에서 광주에서 부고를 듣자마자 달려온 것이다. 몇몇은 병원 신세를 지는 중이라 오지 못했다. 누군가는 치매를 앓고 있어 부고를 전했으나 알아듣지 못했다고 한다.

스무명 남짓한 빨치산들이 한명씩 돌아가며 추도사를 하는데, 한평생 묵혀놓은 말이 넘쳐나는 노인네들이라 좀처럼 말이 멈추지 않았다. 조문객들이 들어오려다 뭔가 이상하다 싶은지 머뭇머뭇 발길을 돌렸다. 나는 그 사람들을 맞으러 접객실로 나갔다. 조문실을 가득 메운 늙은 혁명전사들 주변으로 이상한 결계 같은 게 드리운 듯했다. 내가 조문객이었다 해도 쉽사리 발을 디딜 수 없을 것 같았다. 접객실까지 흘러나오는 결의에 찬 그들의 말투도, 통일을 목전에 둔 듯한 흥분도, 나는 불편했다. 내 아버지도 그랬다. 분단을 당연하게 생각하는 사람들이 더 많은 세상이 되었다는 데, 젊은 세대가 민족의 통일을 지상 최대의 과제라 생각하지 않는다는 데 아버지는 분개했다.

"아버지가 어떻게 생각하든 그게 현실인 걸 어쩌겠어요? 있는 현실을 아니라고 우길 셈이신가? 사회주의자께서?"

나는 주로 비아냥거렸고, 아버지는 분노에 찬 시선으로 나를 노려보며 입을 다물었다. 입을 다문 건 현실주의자인 아버지도 알기는 한다는 의미였다. 아버지는 자신의 신념을 후회하지 않았지만 사람인데 설마 괴물처럼 확장하는 자본주의의 기세 앞에 절망이든 회한이든 어떠한 서글픈 감정을 잠시나마 느끼기는 했을 터였다. 목숨을 건 자신들의 투쟁이 무의미했을지도 모른다는 것을 깨달았을 때 아버지는 어떤 마음이었을까?

나는 물어보지도 않았다. 물어보지 않은 건 짐작조차

할 수 없었기 때문이다. 무엇에도 목숨을 걸어본 적이 없는 나는 아버지가 몇마디 말로 정의해준다 한들 이해할 수 없었을 것이다. 결과적으로 옳았든 틀렸든 아버지는 목숨을 걸고 무언가를 지키려 했다. 나는 불편한 모든 현실에서 몇발짝 물러나 노상 투덜댔을 뿐이다. 그런 내가 아버지를 비아냥거릴 자격이나 있었던 것인가, 처음으로 아버지에게 미안했다. 들어오는 순간부터 나를 불편하게 한 아버지의 동지들에게도 이 불편해하는 마음이 미안했다. 이 순간에도 아버지의 동지들은 목청 높여 아버지와의 인연을, 조국통일에의 열정을 쏟아내고 있었다. 동지들의 장례식에 갈 때마다 참석한 동지들이 한둘씩 줄고, 십년쯤 지나면 누군가의 부고가 들린다 해도 갈 수 없는 몸이 될 사람들이었다.

마침내 추모제가 끝났다. 이름만 들어본 적 있는 한 노인이 나를 불렀다. 노인의 눈빛은 젊은 나보다 더 형형했다.

"원래 우리 동지들이 가면 통일애국장으로 치르오. 그런데 고 동지는…… 알겠지만 자수를 한 터라……"

아버지는 1952년 위장 자수를 했다. 위장 자수이므로 당연히 최상급자인 전남도당 김선우 위원장만 그 사실을 알았다. 이대로 가면 빨치산은 전멸한다는 게, 그러기 전에 어떻게든 세상으로 내려가 조직을 재건해야 한다는 게 아버지의 정세판단이었다. 아버지는 조직 재건을 하다 걸려 무기형을 선고받았을 때도 같은 판단으로 어떻게든 세상으로 돌아가기 위해 전향을 했다. 그 판단이 옳았는지 글렀는지 나는 별로 관심이 없다. 판단할 주제가 아니기도 하다. 다만 나는 살아남은 얼마 안 되는 빨치산들이 전향의 여부를 따지고, 위장 자수의 진위를 가리며 편을 나누고 뒷담화를 하는 게 기껍지 않았다.

1989년에 석방된 비전향장기수가 있었다. 광주교도소에서 아버지와 가깝게 지냈다는 그이가 반내골로 찾아왔다. 감옥에서 사십년 가까이 지냈다는데 압구정 갤러리아 앞에 서 있어도 자연스러울 정도로 양복 차림이 멋스러웠다. 배우를 해도 될 만한 얼굴이었다. 장성 만석꾼 집안의 장손이었다는 그는 자기 때문에 집안이 완전히 풍비박산이 나서 돌아갈 고향조차 없다고 했다.

"서울서 머 해묵고 사는가?"

아버지가 물었더니 그는 어머니가 무쳐놓은 말린 취나물이 맛있다며 딴소리만 했다.

"입성을 봉게 누가 생겼는갑는디?"

그가 어색하게 웃으며 고개를 끄덕였다.

"머 흐는 여잔디? 반반한 얼굴로 홀겠구마."

"자그마한 식당 해서 먹고 사네."

"자네가 손이 읎어, 발이 읎어? 워쩌자고 민중을 등쳐 묵고 산단 말인가! 베룩의 간을 빼묵제 것도 불쌍헌 여성을! 노동을 하란 말이네, 노동을!"

그이가 밥숟가락을 놓고 멀뚱멀뚱 허공을 바라보면서 나지막이 웅얼거렸다.

"노동이…… 노동이…… 힘들어."

그때까지 위태위태 잘 참고 있던 나는 노동이 힘들다는 빨치산의 고백에 그만 픔, 웃음을 뿜고 말았다. 스스로도 염치가 없었는지 그가 비식 웃으며 덧붙였다.

"사흘 노가다 뛰고 석달 입원했네. 나는 암만해도 노동과 친해지질 않아."

"저놈의 부르주아 근성은 머리가 희캐져도 뿌리가 안 뽑히그마이. 그런 놈이 멀라고 뽈갱이는 돼가꼬……"

아버지도 그쯤에서 부르주아 아저씨를 이해하기로 한 것 같았다. 일하는 아버지 옆에서 일손 한번 안 보태고 일주일 남짓 수다만 늘어놓던 그는 그 뒤로도 자주 아버지를 찾아왔다. 93년 겨울, 그와 아버지는 비장한 어조로 긴 밤 내내 귓속말을 속닥였다. 앞서 말했듯 우리 집은 얇은

150

흙벽이라 그 소곤거리는 말이 내 방까지 다 들렸다.

"북한에 간다고 신청했네."

"북이 고향도 아닌디 자네가 왜?"

"고향에 갈 수도 없고…… 같이 사는 여성이 아직 젊네. 언제까지 늙은이 수발만 들게 할 수는 없잖은가? 자네 말처럼 여성 등쳐먹고 사는 것도 낯부끄럽고……"

"자네가 북에 가면 멋을 하겄능가. 가난한 인민들 밥이나 축내겄제. 즈그 묵고 살 것도 읎는디…… 글지 말고 여개서 자네 잘허는 공부함시로 통일운동에 일조하먼 될 것 아닌가!"

그는 동경제대 법학과를 나온 당대 최고의 지성인이었다.

"다 늙은 우리가 무슨 통일운동을 하겠는가?"

"우리가 살아온 세월을 시상에 알리는 것도 통일운동이요, 젊은이들 지대로 크게 쓴소리허는 것도 통일운동이여! 달리 멋이 통일운동이당가?"

한동안 말소리가 들리지 않았다. 벽을 사이에 두고 있지만 나는 두 사람의 표정과 숨소리까지 느낄 수 있을 것 같았다. 부르주아 빨치산이 얕은 한숨을 내쉬며 말했다.

"이제 좀 대접받고 편안히 살고 싶네. 나는 자네처럼은 못 살겠어."

부르주아 운운이 나올 법도 하건만 아버지는 더는 뭐라 하지 않았다. 그래서 나는 생각했다. 나와 어머니가 아니라면 아버지도 북을 선택했을까? 거기서는 목숨 걸었던 자신들의 청춘을 인정받으며 살 수 있을까?

부르주아 빨치산이 또 한마디 거들었다.

"나는 정말 노동이 싫어…… 노동이 무서워……"

그 말에 아버지가 폭소를 터뜨렸다.

"북에 가거든 그런 말은 입 밖에 내지도 말소. 딱 인민재판 감이구만."

부르주아 아저씨도 피식피식 웃었다. 그날 밤이 아버지와 그의 마지막 밤이었다. 아버지는 그날 이후 다시는 그를 볼 수 없었다. 살았는지 죽었는지 소식조차 듣지 못했다. 그가 살아 있다 한들 아버지의 부고는 북에 있는 그에게 닿지 못할 것이다.

나는 그를 한번 더 만났다. 어느 날 그가 내게 전화를 했다. 북으로 가기 전에 나에게 꼭 해줄 말이 있다는 것이었다. 내가 근처로 가겠다고 했더니 그는 기어이 우리 집에서 만나기를 고집했다. 잘 모르는 사람과 누추하고 비좁은 집에서 만나는 게 영 께름칙했지만 잠깐이면 된다기에 어쩔 수 없이 집을 알려주었다. 그는 정말 잠깐 엉덩이만 붙였다 갔다.

"내가 떠나기 전에 꼭 해줄 말이 있어서 보자고 했네. 자네 아버지가 위장 자수한 건 알고 있지?"

물론 알고 있었다. 아버지는 자신의 과오조차도 감추는 법이 없었다. 위장 자수를 과오라고 생각하지도 않았지만.

"자네 아버지를 의심하면 안 되네. 위장 자수니 당연히 아는 사람이 없네. 그러니 위장 자수 아닌가. 김선우만 알았지. 선우가 죽기 전에 아버지 얘기를 해줬네. 조직을 재건하면 나도 위장 자수를 하라고 하데. 가서 자네 아버지랑 합류하라고. 멋모르는 사람들이 아버지 욕을 할 수도 있겠지만, 나만이 그 진실을 아네. 그러니 자네라도 아버지를 믿어줘야 해."

그는 아버지를 믿어야 한다며 내 손을 힘주어 잡았다. 설령 자수를 했다 하더라도 나는 아버지든 누구든 비난할 생각이 없었다. 살기 위해 자수한 것이 무슨 죄가 된단 말인가. 그러나 그의 생각은 달랐다. 전향을 하고 안 하고, 자수를 하고 안 하고가 한 사람의 생 전체를 판단할 좌표와 같은 모양이었다.

그는 남한에서의 마지막 임무를 완수했다는 듯 홀가분

한 얼굴로 나와 악수를 나눴다. 갈색 코르덴 바지에 버버리 코트 차림이었다. 북한에 가서는 친하지 않은 노동을 멀리하고 대접받으며 살 수 있을까, 나는 그가 버버리 자락을 휘날리며 멀어지는 모습을 오래도록 지켜보았다. 건강하시라는 틀에 박힌 말 외에는 어떤 말도 나오지 않았다.

북한으로 떠나는 그가 반드시 위장 자수의 진실을 알려줘야 했듯—그것도 행여 누가 들을세라 아무도 없는 집 안에서—아버지의 장례식에 참석한 이들에게도 아버지의 자수는 심각한 문제였다. 그건 고결한 혁명가로서 있을 수 없는 변절이고, 전향서 한장 때문에 몇십년씩 감옥살이를 했던 자신들과는 어깨를 나란히 할 수 없는 중차대한 타락인 모양이었다. 나는 그들과 생각이 같지 않았으므로 대답하지 않았다.

노인이 나에게 종이 한장을 건넸다. 거기에는 '통일애국인사 고상욱 추모제'라고 적혀 있었다. 아버지는 그들의 동지가 아니라 인사, 그러니까 함께 통일애국운동을 하기는 했던 어떤 사람에 불과한 것이었다.

"그렇다고 플래카드 하나 없이 그냥 보내드릴 수는 없으니 이 문구로 플래카드를 몇개 만들어 내걸도록 합시다."

어머니에게 여쭙겠다고 돌아선 건 딱히 그들에게 서운해서가 아니었다. 아버지의 고향에서 통일애국인사 고상욱이라는 플래카드를 굳이 걸고 싶지 않았을 뿐이다. 상주 휴게실에 누워 있던 어머니는 말을 듣자마자 힘겹게 일어나서는 손사래를 쳤다.

　"아이, 안 된다. 느그 아배 땜시 육사 못 간 길수가 두 눈 멀쩡히 뜨고 살아 있는디, 고씨 집안에 넷이나 공무원인디, 갸들 가슴에 또 못을 박자고야? 가는 마당에 멀라고 속 시끄럽게…… 느그 큰어매가 무덤서 벌떡 일어날 일이다. 그냥 조용히 가시게 할란다고 해라."

　어머니의 말을 전하자 노인의 눈에 노기가 서렸다.

　"민주화된 지가 언젠데 그런 플래카드 하나 못 건단 말인가? 무슨 일이 생기면 내가 책임질 테니 어머님께 다시 말해보시게."

　무슨 일이 생길 리 없다는 건 나도 안다. 보수정권하긴 하지만 그런 플래카드 하나 걸었다고 경찰이 오기야 하겠는가. 온다 한들 플래카드나 떼겠지 뭘 더 하겠는가. 플래카드 하나 붙였다고 철창에 가두는 세상은 진작에 끝났다. 암암리에 불이익을 줄 수야 있겠지만 시간강사에게 불이익을 줘봤자였다. 그러나 노인은 겁이 나서 플래카드를 걸지 않겠다는 말로 이해한 듯했다. 그게 아니라고 구구절절한 설명으로 노인의 노기를 가라앉혀야 하는 걸까, 조문객은 계속 몰려오고 난감한 찰나, 낯익은 얼굴이 눈에 띄었다. 아버지 말년에 나보다 더 가까이 지냈던 윤학수라는 친구였다. 그는 나와 대학 동문이기도 했다.

몇년 전부터 아버지는 나만 보면 물었다.

"윤학수라고 아냐? 늬 동문이라는디?"

모른다고 해도 몇번이고 또 물었다. 너에게 기어이 소개해야 할 만큼 마음에 드니 너도 알아두라는 뜻이란 걸 나중에 알았다. 잘 다니던 대기업을 때려치우고 월급도 없는 지역사회연구소에서 일하는 학수는 여순사건 실태조사차 구례에 왔다가 아버지를 만났다. 그 뒤로 나이를 뛰어넘은 막역지우가 되었다.

어느 날 집에 갔더니 아버지 좋아하는 동태탕이 한 솥이었다. 그런데 평소와 달리 살이 다 부스러져 먹기가 어려웠다.

"동태탕이 왜 이래?"

"긍게 말이다. 학수가 한 궤짝 갖고 왔는디 동태나 아니나 묵도 못할 것을 갖고 왔어야."

나중에 알고 보니 학수가 가져온 건 동태가 아니라 생

156

태였다. 아버지가 겨우내 동태탕 드신다는 말을 듣고 어렵사리 구해 온 것이었다. 내 부모는 그때까지 생태를 먹어본 적이 없었다. 개발에 편자지 생태를 동태탕 끓이듯 푹푹 끓였으니 살이 다 부스러질밖에. 학수는 귀한 생태를 선물하고는 먹도 못할 것을 준 놈이라고 두고두고 아버지 지청구를 들었다.

학수는 제 퇴직금을 털어 빨치산 다큐 찍는 감독과 어르신들을 모시고 제주도 여행을 가기도 했으니 나보다는 어르신들과 더 친할 터였다. 조문하고 나온 학수를 붙잡고 그간의 사정을 말했다. 친아버지도 아니면서 내 아버지 닮아 말수 적고 시답잖은 농 좋아하는 학수는 가타부타 묻지도 않았다.

"나가 알아서 할라네. 가서 자네 일 보소. 또 손님 오는구만."

아이고, 동지들! 학수가 긴 다리로 성큼성큼 어르신들을 향해 걸어갔다. 뒷모습이 듬직했다. 저런 아들을 두었다면 아버지 가는 마음이 조금은 더 편했을까? 어린 시절, 큰고모부는 내가 옆에 있는데도 어디 가서 아들을 하나 낳아 오라며 자주 아버지를 들볶았다. 한 귀로 흘려듣던 아버지는 짜증이 난다 싶으면 나를 번쩍 들어 무등을 태웠다.

"나는 요놈만 있으면 돼라. 아들 필요 읎당게 징허게 말도 많소이. 아리야, 니가 아들 노릇꺼정 다 헐 거제이?"

초등학교 삼학년이었지만 말귀 밝았던 나는 그 참에 얄미운 고모부 약 올리는 것까지 잊지 않았다.

"하모. 기동이는 이번에 삼십등 했는디?"

기동이는 큰고모네 막둥이이자 유일한 아들로 나와 같은 반이었다.

"우리 아리는?"

"일등!"

"아들보담 낫구만."

아버지가 소리 내어 웃으며 마당을 빙 둘러 내달렸다. 새파란 하늘에 뭉게구름이 피어나고 있었다. 뭐가 그리 좋았는지 나는 아버지의 목 위에서 등허리가 흠뻑 젖도록 웃어젖혔다. 우물가에 핀 달큰한 치자꽃 향기에 숨이 막혔다.

아무 걱정 없이 행복했던 그런 날도 있었다. 이듬해 아버지는 감옥에 끌려갔고, 나는 아버지를 잃었다. 그때의 나는 지금보다 더 불행했다. 광주교도소에 있다는 걸 알았지만 만날 수 없는 아버지는 없는 것과 같았다. 몸 약한 어머니를 대신해 온몸으로 놀아주던 아버지를 잃고 나는 세상 전부를 잃은 느낌이었다. 그때 잃은 아버지를 어쩌면 나는 지금까지도 되찾지 못한 게 아닐까? 아버지를 영원히 잃은 지금, 어쩐지 뭔가가 억울하기도 한 것 같았다.

*

화환을 보낸 국회의원과는 어떤 관계인가, 정교수인가 강사인가, 이 많은 조문객이 다 네 손님인가, 취조와 다를 바 없는 노빨치산들의 질문 공세를 받느라 나는 식은땀을 흘리는 중이었다. 평등한 세상을 만들자고 목숨을 건 그들 역시 보통 사람과 마찬가지로 출세한 사람들과의 관계가 중요하고, 나의 출세 역시 중요한 관심사인 것이다. 나는 조소 또한 식은땀과 함께 흘려보냈다.

아버지도 그랬다. 내가 박사학위를 받았을 때, 시답잖은 학술서 한권을 출판했을 때, 아버지는 내 앞에서는 아무 말도 하지 않았다. 박사논문과 책을 스무권이나 보내 달라 했을 뿐이다. 아무도 읽지 않을 그 책을 동네방네 돌리고 거하게 술턱까지 냈다는 것을, 뒤에야 어머니에게 들었다. 사회주의자라면 농민 자식, 노동자 자식을 자랑 삼아야 되는 것 아닌가, 박사라고 좋아하기는, 이러니 사회주의가 망했지, 뭐 그런 정도의 생각을 하면서 나는 기개가 조금도 꺾이지 않은 혁명가처럼 지리산을 바라보며 담배를 태우는 아버지를 내심 비아냥거렸다.

빨치산들의 관심으로부터 도망칠 궁리를 하는 와중 누군가 문을 살짝 열고 고개만 빼꼼 들이밀어 안을 살폈다. 체구가 작은 데다 허리까지 굽어 아이처럼 보이는 노인이었다. 낯이 익었다. 저이를 만난 건 몇년 전, 어머니를 모시고 병원에 가는 길이었다. 오랫동안 척추협착증을 앓은 어머니는 통증이 점점 심해져 누울 수도 앉을 수도 없는 지경에 이르렀다. 너무 늙어 수술하기도 어렵고 보다 못해 인터넷을 뒤졌더니 척추신경을 마비시키는 시술이 가능했다. 시술은 일주일에 두번, 무려 열두번이나 받아야 했다.

서너번 정도 시술을 받았을 무렵이었다. 병원에서 멀지 않은 버스 정류장 평상에 앉아 있던 작달막한 노인이 알은척을 하며 어머니 손을 덥석 붙잡았다. 두 사람은 반갑게 안부를 묻고는 살아 있으면 또 보자고 인사를 나눴다.

"누군데?"

"이, 느그 아부지 첫번째 마누래 동생이여. 니는 본 적 없냐?"

우리 집 족보는 이런 식이다. 아버지도 어머니도 재혼을 했다. 그 무렵 대부분이 그랬듯 둘 다 초혼은 중매결혼이었다. 당시 마음에 둔 여자가 있던 아버지는 어른들끼리 잡은 결혼식 날, 집안 어른들에게 끌려가 영문도 모른 채 결혼식을 올렸다. 결혼식이 다 끝나기도 전에 도망친 아버지는 다시는 집에 들어가지 않았다. 여자는 아버지가 입산을 하고 감옥에 가 있는 동안에도 홀로 기다렸다. 아버지는 면회조차 받아주지 않았다. 그래도 여자는 매주 찾아왔고, 마침내 면회를 허락한 아버지는 창살 너머 여자가 손수건으로 눈물을 훔치는 동안 냉정하게 말했다.

"이녁이나 나나 봉건제도의 희생양이었을 뿐이오. 그러니 나 같은 건 잊어불고 좋은 사람과 새출발하시오."

그게 두 사람의 끝이었다.

초등학교 오학년 때, 아버지는 감옥에 있고, 어머니는 농번기라 나를 큰고모집에 맡겨둔 채 우리 논 몇마지기가 있는 반내골로 들어갔다. 어느 날, 고모집으로 낯선 여자가 찾아왔다. 마루에 앉아 나를 물끄러미 보던 여자가 하얀 가제수건을 꺼내 눈물을 닦았다. 굽은 손으로 여자의 등을 쓸어내리며 한숨만 내쉬던 고모가 말했다.

"자네곁이 죈 사램을 이리 내치고 천벌을 받는 것이네, 시방. 호랭이가 칵 씹어 물어갈 놈."

나는 호랭이가 칵 씹어 물어갈 놈이라는 게 바로 내 아버지임을 눈치챘다. 나를 바라보는 여자의 눈빛이 너무 처연해서였는지도 모르겠다.

"날을 잡았그마요. 그 말이라도 이짝에 전해야 헐 것 같아서 왔어라. 잘 살랑게 내 걱정은 말라고……"

몸을 일으킨 여자가 바람 없는 날 떨어지는 벚꽃잎처럼 고요히 다가왔다. 그러고는 가만히 내 머리를 쓰다듬었다.

"아부지를 빼박았다이……"

아버지 닮은 아이라도 낳고 싶었는지 여자는 아버지를 보듯 나를 보았다. 깊고 그윽하고 다정하게, 그리고 무엇보다 서글프게.

오래도록 나를 바라본 여자는 허리춤에서 지갑을 꺼내 오십환짜리 지폐 한장을 기어이 쥐여주었다. 맑은 날이었고, 마당에 고운 햇살이 가득했다. 여자가 미끄러지듯 그 햇살 속으로 들어섰고, 나는 여자가 쥐여준 지폐를 마당에 집어던졌다. 어쩐지 받아서는 안 되는 불결한 돈 같았다. 지폐가 소리도 없이 허공을 몇번 맴돌아 햇살 사이로 착륙했다.

그때 그 여자의 동생이, 그러니까 한때는 아버지의 처제였던 양반이, 자기 언니를 불행의 구렁텅이로 몰아넣은 형부의 현재 마누라와 반갑게 인사를 나누고, 형부의 장례식에까지 찾아온 것이다.

어머니는 누구보다 반갑게 아버지의 옛 처제를 맞았다. 허리 때문에 다른 사람과는 나누지 않았던 맞절도 했다. 두 여자는 한동안 손을 맞잡은 채 말없이 서로를 바라보았다. 그들이 말없이 나누고 있는 마음이 어떤 것일지 나는 상상조차 되지 않았다.

"고맙소이."

한참 만에야 어머니가 입을 열었다.

"이리 가실 줄은 참말 몰랐그만이라. 메칠 전에 딸내미가 허는 슈퍼에서 뵀을 적에만 혀도 쌩쌩하셨는디요이."

우리 집에서 가장 가까운 곳은 오거리슈퍼였다. 그보다 멀 게 분명한, 옛 처제의 딸이 운영하는 슈퍼를 아버지는 일부러 찾아서 갔을 것이다. 구례라는 곳은 어쩌면 저런 기이하고 오랜 인연들이 거미줄처럼 촘촘하게 엮인 작은 감옥일지도 모른다.

"어이!"

학수가 성큼성큼 조문실로 들어왔다.

"어르신들이 장지를 워쩔라냐고 물으시는디?"

생각할 틈이 없었다. 아버지가 암 데나 뿌레삐리라 했다고 정말 아무 데나 뿌릴 수는 없는 노릇이었다. 막연하게 아버지의 주무대였던 백운산에 뿌리면 어떨까 생각하기는 했었다. 내 생각을 읽기라도 한 듯 학수가 다시 물었다.

"암만해도 백운산으로 모셔야겠제이? 워디 맘에 둔 디가 있는가?"

동네 뒷산이고 아버지에게 숱하게 듣긴 했으나 가본 적도 없는 산이었다. 마음에 둔 데가 있을 리 만무했다.

"아부지헌티 들었능가 모르겄는디 백운산 한재에서 재작년인가 빨치산 어르신들 다 모여가꼬 추모제를 지낸 적이 있네. 그날 아부지가 추모사를 했는디 싹 다 울레분 멩문을 써오셨드랑게. 참말로 멋있어부렀어. 글로 모시면 워쪄겄능가?"

한재 잣나무 숲이 그리 좋다던 아버지 말이 기억났다. 잣나무숲이라면 잣을 탐내는 다람쥐도 새도 많을 터, 아이와 동물을 끔찍이 예뻐한 아버지이니 외롭지는 않을 것 같았다.

"그러지 뭐."

"그럼 그리 알고 있으께. 글고이, 어르신들이 장지꺼정 따라가실 모양인디 다들 연로하싱게 여그보다는 여관이 낫겠제이?"

생각지도 못한 난관이었다. 여기를 누구에게 맡겨두고 여관을 알아보고 와야 하나 두리번거리는데 학수가 또 내 마음을 읽었다.

"나가 가차운 디다 여관 잡아놓고 이따가 모시고 갈랑게 자네는 한나도 신겡 쓰지 말소. 얼릉 가보소. 또 손님 오시네."

공교롭게도 아버지의 옛 처제가 막 나간 문으로 이번에는 어머니의 옛 시동생이 아내는 물론 아이들 셋을 데리고 나타났다. 속 모르는 사람이 보고 개판이라고 욕을 해도 할 말이 없을 집안사였다.

어머니의 옛 시동생을 나는 어릴 때부터 만났다. 어머니의 전남편은 남부군 소속으로 낙동강 전선에서 연락이 끊겼다. 십중팔구 도강을 하다 죽었을 것이다. 감옥에서 나온 뒤, 방물장사로 시어머니와 시동생을 부양하던 어머니는 내 아버지를 만났고, 전남편 가족들의 동의를 얻은 뒤 아버지와 혼인신고를 했다. 결혼하고도 어머니는 간혹 전 시어머니와 시동생들을 찾아가 만났다. 군인이었다는 큰삼촌은 무뚝뚝해서 좀처럼 입을 여는 법이 없었지만 지갑은 잘도 열었다. 만날 때마다 어머니 용돈은 물론 내 용돈까지 두둑이 챙겨줘서 어떤 관계인지도 모른 채 나는 삼촌을 잘 따랐다.

아버지가 감옥에서 나오고 나서야 나는 어머니와 삼촌의 관계를 알게 되었다. 고등학교 삼학년 겨울방학이었을 것이다. 부모님이 도란도란 빨치산 시절의 추억을 안줏거리 삼아 말려놓은 밤 껍질을 벗기고 있는데 느닷없이 형광등이 나갔다. 어머니가 비추는 손전등 빛에 의지해 형광등을 갈아 끼우려던 아버지가 성질을 버럭 내고는 밖으로 나가버렸다. 아버지는 손재주가 젬병이었다.

"아이고, 먼 놈의 남자가 형광등 하나도 못 갈아 낀대? 윤재는 그 옛날에도 혼자서 뚝딱 해치우등만. 멋 하나 윤재보담 낫응 것이 읎당게. 인물이 낫기를 해, 다정하기를 해. 아이, 니가 전등 쪼까 비춰봐라."

"윤재가 누군데?"

그때까지 나는 어머니가 재혼했다는 걸 알지 못했다. 형광등을 갈아 끼우려 의자에 올라간 어머니가 멈칫하는 게 느껴졌다. 밖에서 담배를 피우던 아버지가 어머니 대신 넙죽 말을 받았다.

"누구긴 누구겄냐! 늬 어매 첫서방이제. 서방 앞에서 첫서방 야그를 저래 당당허니 꺼내는 사람은 대한민국에 늬 어매 하나배끼 읎을 것이다."

"아이고, 애기 앞에서 못허는 말이 읎소이. 애기가 고런 야그 알아서 멋이 좋다고…… 이러니 나가 만날 속이 터지제."

"애기는 누가 애기여? 소가 웃겄네. 시상 천지에 쩌런 애기 본 사람 있으면 나와보라고 허소."

애기란, 원체 뼈대가 굵은 데다 고삼이 되면서 성적 대신 몸무게만 쑥쑥 잘도 늘어 덩치가 산만 해진 나를 두고 이르는 말이었다. 만담을 주고받듯 창호지 바른 방문을 사이에 두고 콩닥콩닥 신경전을 벌이고 있었지만 전남편 말하는 어머니에게서도 아내의 전남편 칭찬 듣는 아버지에게서도 분노는 손톱만큼도 느껴지지 않았다.

우리 집은 그런 집이었다. 걸핏하면 어머니는 우리 윤재, 했고, 아버지는 윤재가 우리 윤재면 나는 넘의 상욱이냐, 농담으로 받아쳤다. 나는 그런 말을 꺼내는 어머니도, 화를 내지 않는 아버지도 이해가 되지 않았다. 이 세상에 없는 사람이라 이런 농담이 가능한 것일까, 짐작해보기도 했다. 아니면 죽은 동지가 아버지의 영혼으로 스며 둘이 하나가 된 것은 아닐까 싶은 적도 있었다.

아버지는 윤재의 절친한 동무이자 동지였다. 죽은 친구의 아내와 결혼해 살았던 아버지의 심리를, 죽은 친구와 늘 비교당하면서도 화 한번 내지 않았던 아버지의 심리를, 나는 지금까지도 이해하지 못한다.

하기야 아버지는 화끈한 합리주의자이긴 했다. 남부군 출신 남자 둘이 어머니를 처음으로 찾아왔을 때였다. 이태의 『남부군』이 나온 뒤 어찌어찌 서로의 연락처를 알게 된 것이었다. 두 사람은 사는 형편이 팍팍하지 않은지 구례에서 제일 좋은 콘도에 방을 잡고 어머니를 불렀다. 아버지도 안면 정도는 있는 사이라 같이 나갔다. 두어시간 회포를 푼 아버지가 벌떡 일어나며,

"도당은 빠질랑게 남부군끼리 좋은 밤 보내씨요."

하고는 한밤중 기세 좋게 방을 나섰다. 겨울이었고, 택시는 부르면 올 터이나 돈이 없었으므로 아버지는 화엄사에서 반내골까지 16킬로나 되는 길을, 나에게까지 대물림한 음치의 솜씨로, 태백산맥에 눈 나린다, 총을 들어라 출정이다, 그 옛날처럼 혁명가를 불러 젖히며 걸어서 돌아

왔다. 어쩌면 그 순간 아버지는 눈 내리는 백운산을 날아다니던 스무살의 시절로 돌아간 기분이었을 것이다.

어머니의 옛 시동생 가족들이 아버지의 영정을 향해 절을 올리는 모습을 나는 어쩐지 처연한 마음으로 지켜보았다. 저들에게 내 아버지는 평생 함께할 줄 알았던 형수를 빼앗아간 사람만은 아닐 터였다. 형의 친구이고 동지였으며, 운명이 조금만 달랐다면 형과 친구의 처지가 뒤바뀔 수도 있었다. 어쩌면 이건 어디에나 있을 우리네 아픈 현대사의 비극적 한 장면에 지나지 않을지도 모른다. 아버지가 대단한 것도, 그렇다고 이상한 것도 아니다. 그저 현대사의 비극이 어떤 지점을 비틀어, 뒤엉킨 사람들의 인연이 총출동한 흔하디흔한 자리일 뿐이다.

어머니를 끌어안고 같이 흐느끼는 친구의 동생을, 아내의 전 시동생을, 영정 속 아버지가 사팔뜨기 눈으로 보는 듯 아닌 듯 지켜보고 있었다. 느그 윤재 동상 봉게 좋은가? 내 동상 볼 때게랑 영판 다른디? 아버지가 그렇게 묻고 있는 것만 같았다.

*

    상욱씨가 왔다. 아버지는 고상욱, 그는 김상욱.

    김상욱씨는 고등학교를 졸업하고 곡성에서 농사를 짓는, 가톨릭농민회 초창기 멤버였다. 나는 그를 대학 시절 만났다. 당연히 아버지 덕분에, 혹은 때문에. 독재정권하에서 고군분투하던 곡성 '가농'의 몇몇이 한국전쟁 당시 곡성군당위원장이었던 아버지를 수소문해 찾아온 것이었다. 가농 멤버 예닐곱이 왔는데 우리 집은 비좁아 그 정도 사람을 방에 들일 수 없었다. 아버지는 그들을 반내골 사람들이 일년에 며칠 안 되는 열대야 때면 찾아가는 다리 밑으로 데려갔다.

    나는 어머니가 삶아놓은 닭 두마리를 머리에 이고 십분 남짓 걸어가면서 속으로 오만 욕을 다했다. 지들이 먹을 건 좀 들고 오든가, 그 시절 반내골에는 버스조차 다니지 않았고, 두시간을 걸어온 그들이 먹을 걸 들고 온다는 건 불가능했으므로 나의 욕은 다만 햇볕이 너무 뜨거워서였다고 해두자.

    그들은 느티나무 아래 옷을 벗어둔 채 개울에서 천렵 중이었다. 아버지가 팬티 차림으로 경중경중 바위를 건너

뛰며 소리쳤다.

"간다, 간다!"

반대편에 서 있던 사람들이 아버지를 향해 우 몰려갔다. 잠시 후 아버지가 쪽대를 들어올렸다. 빠가사리인지 은어인지 어른 손만 한 물고기 몇마리가 쪽대 위에서 힘차게 팔딱거렸다. 햇살을 받은 비늘이 금가루인 양 반짝반짝 빛났다. 늘 보던 반내골 개울에 저토록 신비로운 존재가 살고 있었나, 빠가사리가 빠가사리가 아니고, 은어가 은어가 아닌 것 같았다.

우우우 와와와, 사내들이 함성을 질렀고, 집이라야 십여호, 늘 고요하던 반내골이 들썩거렸다. 들썩거렸다는 건 문어적 표현이 아니다. 반내골은 산과 산 사이, 산비탈에 들어선 좁은 마을이고, 사내들의 함성에 반내골이 실제로 3미터쯤 하늘로 쑥 날아올랐다 내려앉았다, 그렇게 느꼈다. 한여름이었고, 구름 한점 없이 맑았고, 바람조차 없어 세상이 잠시 멈춘 것 같은 날이었다. 아이들처럼 깔깔거리며 첨벙첨벙 뛰어다니는 사내들을 나는 잠시 경이롭게 바라보았다. 그 아이들 속에 환갑 가까운 내 아버지도 있었다.

한 사람이 머리에 닭백숙을 인 채 자신들을 관람 중인

나를 발견했다. 그가 우뚝 멈춰서서 가만히 말했다.

"밥 왔소."

깔깔깔깔, 첨벙첨벙, 개울의 소란이 일시에 가라앉았다. 마치 꿈이었던 듯 사위가 고요해졌다. 조금 전까지 아이였던 사람들이 일순간 어른이 되어 나를 바라보았다. 다들 팬티 차림이었다. 침입자가 된 기분으로 나는 뒤돌아섰다. 잠시 후 누군가 내 머리 위의 함지를 내렸다. 머리를 짓누르던 함지의 무게가 사라지고, 방금 전의 소란도 사라지고, 점잖은 남자들이 느티나무 아래 빙 둘러앉아 있었다.

"상욱이다."

느닷없이 아버지가 말했다. 무슨 말인가 싶어 그릇 나누던 손을 멈추고 아버지를 쳐다보았다.

"갸가 상욱이랑게."

우하하하, 사내들이 일시에 웃어젖혔다. 내가 대접과 수저를 막 내려놓은 자리의 주인공이 머리를 긁적이며 말을 받았다.

"쬐깐 상욱잉마요."

이마가 벗겨지기 시작한 김상욱씨가 나와 눈을 마주치며 빙긋 웃었다. 나는 그를 마흔쯤으로 보았다. 나는 이십대 상욱씨는 사십대, 나는 인텔리 상욱씨는 농민, 나는 샐쭉 고개만 숙이고 말 한마디 섞지 않은 채 돌아섰다.

다시 보지 않을 줄 알았던 상욱씨를 이사 때마다 만났다. 아버지가 반내골에서 읍내로 이사할 때는 물론이요, 돈 없던 내가 서울에서 2년에 한번씩 전셋집을 옮길 때도 어김없이 상욱씨는 1.5톤 파란색 픽업트럭을 몰고 나타났다. 아마 곡성에서 구례로 내려가 아버지를 태우고 서울까지 달려왔을 터였다. 근 400킬로, 왕복 800킬로. 나는 그와 아버지를 단 한번도 내 집에서 재우지 않았다. 빌라에서 빌라로, 이삿짐을 내리고 올리고, 담배 한대 태울 짬 없이 일한 그를 자장면 한그릇 먹이고는 현관문을 등지고 선 채, 감사합니다, 깍듯이, 그러니까 야멸차게 인사하고 돌려세웠다.

"있는 찬게 왔는디 감사는 무신……"

야멸찬 내 말에 그는 머리를 긁적이며 수줍게 웃었다. 언젠가 아주 야멸차지는 못한 내가 그의 등에 대고 외쳤다.

"아저씨! 잠깐만요."

계단을 밟고 내려서던 그가 뒤돌아서서는 훤한 이마를 매만지며 말했다.

"아저씨 아닌디…… 시살 원디……"

내가 자기를 왜 불러 세웠는지 그는 알았다. 그래서 그 말만 남기고는 아버지를 등 떠밀다시피 쌩하니 사라졌다. 아저씨 아닌디, 시살 윈디의 의미를 봉투에 돈을 담다가 깨달았다. 그는 나보다 겨우 세살 위였다. 그러니까 머리가 벗겨지기 시작했지만 그는 아직 이십대였다. 어쩐지 낯 뜨거워 봉투에 돈을 얼마간 더 집어넣고 달려갔을 때 그의 파란색 트럭은 어디서도 보이지 않았다. 그 뒤로 나는 늘 미안했다. 미안하다는 말조차 그에게 하지 못했다.

"군수님은 쪼까 있다 온다네."

그가 신발을 벗을까 말까 쭈뼛거리는 동행의 등을 떠밀며 말했다. 나중에 온다는 군수는 아이처럼 천렵을 하던 일행 중 한명이었다. 보수세력에 정권을 빼앗겼니 어쩌니 해도 세상은 꾸준히 앞으로 달려 가농 출신이 군수가 되기도 하는 것이다. 군수는 아직 오지 않았지만 화환은 이미 와 있었다.

"아부지가 살린 양반이시네. 오는 질에 만났는디 자개도 꼭 와야 쓴다고 혀서 모시고 왔그마."

조심스레 신발을 벗고 막 접객실에 발을 디딘 사람이 꾸벅 고개를 숙였다.

아버지가 곡성군당위원장이던 시절, 입면으로 보급투

174

쟁을 나갔다. 한국전쟁 발발 직전이었다. 아버지는 그때 민중의 실체를 보았다고, 언젠가 내게 말한 적이 있었다. 처음에는 스스로 곳간을 열어 먹을 것을 주던 사람들이 어느 순간부터 숨기기 시작했던 것이다.

"지한테 득이 안 된다 싶으면 가차 없이 등을 돌리는 것이 민중이여. 민중이 등을 돌린 혁멩은 폴쎄 틀레묵은 것이제."

늙은 아버지는 알았지만 젊은 아버지는 몰랐다. 그래서, 아니 더 정확하게는 살기 위해서, 아버지와 그의 동지들은 입면 어느 마을을 샅샅이 뒤졌다. 사회주의에 등을 돌린 민중들 또한 자신들이 살기 위해 악착같이 식량을 숨겼으므로 몇시간을 뒤졌으나 별 소득이 없었다. 쌀 한 줌과 동지의 목숨을 맞바꿔야 하는 보급투쟁이었다. 창호지 틈으로 부연 빛이 스며들기 시작했다.

어느 집 안방을 나서려던 아버지는 혹시나 싶어 병풍 뒤를 살폈고, 숨겨진 다락을 발견했다. 다락문을 연 순간 겁에 질린 새까만 눈동자가 아버지를 맞았다. 스물을 갓 넘긴 순경이었다. 아버지도 그때 고작 스물셋의 청년에 불과했다. 순경에게는 영원과 같은 시간이 흘러갔다. 그는 모든 것을 포기하고 눈을 감았다.

"딱 죽은 줄 알았그마요. 근디 참말 이상하지라. 맴을 내려놔붕게 암시랑토 않습디다. 밥숟가락 놓듯이 내 목심이 딱 내려놔져붑디다."

그런데 아버지가 경찰의 귀에 속삭였다.

"순겡을 그만둔다고 허먼 살레줄라요."

그는 아버지의 말이 끝나자마자 고민할 새도 없이 몇 번이고 고개를 주억거렸다. 아버지가 걸음을 옮기며 소리쳤다.

"퇴각!"

그는 다음 날 미련 없이 파출소에 사표를 내던졌다.

"쌀 한 됫박을 맹글어놓고 기다렸제요. 우리 식구들이 배를 곯는 한이 있어도 그 쌀에는 절대로 손을 안 댔어라. 암 때라도 그 냥반이 오시먼 드레야 됭게로. 웃목에 챙게논 쌀 한 됫박을 봄시로 맴이 참 요상헙디다. 쩌것이 내 목심값이구나, 목심이 참말 덧없구나, 그랬그만요."

그제야 기억이 났다. 나는 그를 본 적도 있었다. 아버지가 감옥에서 나와 반내골로 돌아온 지 얼마 되지 않았을 때였다. 구례 읍내부터 걸어서 두시간, 누군가 우리 집을 찾아왔다. 얼굴은 기억나지 않지만 그의 손에 들린 수박 한 통은 아직도 기억이 난다. 수박을 내려놓는 그의 손에 깊은 자국이 남아 있었다.

수박을 건네받으며 아버지는 사팔눈으로 그의 손에 새겨진 자국을 한참이나 바라보았다. 그는 자국을 지우려는 듯 양 손바닥을 싹싹 문질렀다.

"여개꺼정 워치케 왔소?"

양 손바닥을 계속 문지르며 그가 마루에 걸터앉았다.

"출소허셨다는 소식 듣고 묻고자픈 것이 있어서 왔그마요."

그는 그사이 어머니가 타 온 설탕물을 꿀떡꿀떡 단숨에 달게 마셨다. 어른 머리통보다 큰 수박 한통을 들고 한여름 뙤약볕 속을 두시간이나 걸어왔으니 갈증이 날 만도 했다.

"기억하싱가요? 그때게 전쟁 나고 나가 찾아갔잖애라."

"하다 말다. 덕분에 군당 식구들이 쌀밥을 배불리 묵었제라. 밥맛이 꿀맛입디다. 멫년 만에 묵어본 쌀밥이라 안즉도 기억이 생생허요."

"근디 왜 쫓아보냈능가요?"

오래도록 윗목에 모셔두었던 쌀 한 됫박을 들고 그는 좌익이 점령한 읍내로 갔다. 생명의 은인을 찾은 그는 쌀을 주고 은혜를 갚았다. 그의 첫마디는 이러했다.

"바로 담날로 순겡 그만뒀그만이라."

물끄러미 그를 바라보던 아버지가 혀를 차며 말했다.

"쯧, 그짝이 순겡질을 계속허능가 안 허능가 나가 워찌 알았소? 그리 순진해가꼬 이 험한 시상을 워찌 살라요? 가씨요. 가서 가마니맹키 가만히 엎드레서 살아남으씨요."

그는 뭐라도 하겠으니 아무 일이나 시켜달라고 아버지를 졸랐다. 그러자 아버지가 무섭게 노려보며 쏘아붙였다.

"한번 반동은 영원한 반동이요. 반동을 워치케 믿고 일을 맡기겠소? 긍게 가씨요."

그래도 바짓가랑이를 붙잡는 그에게 아버지는 소리쳤다.

"여그 순겡이 왔다고 소리라도 쳐부끼다? 글먼 바로 총살일 것인디?"

걸음아 나 살려라 도망친 그는 아버지가 시킨 대로 가마니처럼 가만히 격동의 세월을 보내고 살아남았다. 그리고 삼십여년이 지나 감옥에서 나온 아버지를 찾아온 것이었다.

"왜 그랬어라? 뿔갱이들은 누구라도 포섭을 해야 쓰는 것 아닝가요?"

방 안에 있던 나는 화장실을 가고 싶었으나 문을 열고 나갈 분위기가 아니라 허벅지에 힘을 주고 오줌을 참으며 바깥의 이야기에 귀를 기울였다. 한마디 한마디를 다 기억하는 것은 점점 심해진 요의가 나를 각성시켰기 때문일 것이다.

"왜 그랬능가요? 참말로 한번 반동은 영원한 반동이라 그랬능가요?"

화르르, 성냥불 붙이는 소리가 들렸다. 아버지가 백원짜리 백조 한개비를 물었을 터였다.

"질 줄 알았응게."

"예?"

그가 되물었다. 나도 묻고 싶었다.

"질 게 뻔한 전쟁이었소. 우리야 기왕지사 나선 몸이제만 그짝은 사상도 읎고 신념도 읎는디 멀라고 뻔히 질 싸움에 끼울 것이요."

바깥은 한동안 잠잠했다. 아버지가 담배 빨아들이는 소리가 들릴 정도였다. 나가도 되려나 싶어 문고리를 잡으려는데 그가 입을 열었다.

"은혜를 갚을라는 것은 신념이 아닝가요?"

나는 이 대목에서부터 두 사람의 대화를 따라가지 못했다. 다 지난 일, 한여름 땡볕에 두시간을 걸어와서 왜 은혜를 갚지 못하게 했냐고 따져 묻는 그를 나는 도무지 이해할 수 없었다. 그래서 과감히 문을 열고 나갔다. 그의 등 뒤로 조심조심 지나가긴 했지만 그는 나의 등장 따위 아랑곳하지 않고 아버지를 빤히, 그야말로 빤히 바라보고 있었다. 화장실이 집 뒤란에 있어 모퉁이를 돌아서는데 아버지가 입을 열었다.

"아니요. 그것은 신념이 아니요. 사람의 도리제. 그짝은 순겡을 그만둔 것으로 사람의 도리를 다했소. 글먼 된 것이오. 긍게 다시는 찾아오지 말고 자개 앞가림이나 함시로 잘 사씨요."

그가 말없이 엉덩이를 일으키려는 찰나 아버지가 말했다.

"먼 질 왔는디 밥이나 잡숫고 가씨요."

그날 나는 그와 함께 밥을 먹었다. 오랜만에 찬장 깊숙이 숨어 있던 행남자기 접시가 오른 밥상이었다. 그는 머윗잎쌈을 야무지게 싸서 맛나게 먹으며 자식이 넷이네, 둘째가 전교 일등이네, 마누라가 초등학교 선생이네, 배 농사가 나름 수입이 괜찮네, 고시랑고시랑 수다를 늘어놓았다. 조금 전의 무겁디무거운 이야기들을 까맣게 잊은 듯이.

나는 그 뒤로 그를 보지 못했다. 하지만 가을이면 어김없이 배 한상자가 창고방에 놓여 있었다. 그가 보낸 것이려니 짐작했을 뿐 아버지로부터 다시는 그의 이야기를 듣지 못했다.

그는 나와 이야기를 나누는 동안에도 자꾸만 아버지의 영정을 곁눈질했다. 나도 아버지를 보았다. 고등학생 때 따라가지 못했던 두 사람의 대화를 쉰 가까운 지금도 나는 따라갈 수 없었다. 질 게 뻔한 싸움을 하는 이십대의 아버지는 어떤 마음이었을까? 목숨을 살려주었던 사람을 위해 목숨을 걸려 했던 이십대의 그는 어떤 마음이었을까? 영정 속의 아버지가 꿈틀꿈틀 삼차원의 입체감을 갖는 듯했다. 살아서의 아버지는 뜨문뜨문, 클럽의 명멸하는 조명 속에 순간 모습을 드러냈다 사라지는 사람 같았다. 그런데 죽은 아버지가 뚜렷해지기 시작했다. 살아서의 모든 순간이 여기저기 흩어져 있다 자신의 부고를 듣고는 헤쳐 모여를 하듯 모여들어 거대하고도 뚜렷한 존재를 드러내는 것이었다. 아빠. 그 뚜렷한 존재를 나도 모르게 소리 내어 불렀다. 아버지의 영정을 응시하던 그가, 아직 이름도 모르는 그가, 나를 바라보았다. 그의 흰자위가 붉었다. 나의 눈도 그러할 터였다. 작은 상욱이, 김상욱씨가 가만히 눈물을 훔쳤다.

*

　새벽녘의 장례식장은 모처럼 고요했다. 접객실 여기저기 내 지인과 사촌들이 시체처럼 널브러져 단잠에 빠져 있었다. 상주 휴게실에서는 어젯밤 늦게 당도한 이모들과 어머니가 나란히 누워 도란도란 이야기를 나누는 중이었다. 어제가 어떻게 지나갔는지 불과 몇시간 전이 아득한 옛날 같았다. 하기야 어제와 오늘은 확연히 달랐다. 아버지가 존재했던 날, 그리고 더이상 존재하지 않는 날. 나로서는 최초의, 새로운 하루가 시작되고 있었다.

　박한우 선생이 누군가와 함께 가만히 문을 열고 들어섰다. 박선생은 어제도 이런저런 사람들과 함께 십수차례 다녀갔다. 아버지 가는 길, 절대 외롭게 하지 않겠다 작정이라도 한 듯했다. 오며 가며 만나는 구례 사람들 모두에게 아버지의 부고를 전한 것인지 그가 데려오는 사람들은 이름 한번 들어본 적 없는 동창생부터 철물점 사장, 과일가게 사장, 지물포 사장 등등 각양각색이었다. 그는 낯모르는 사람 옆에 서서 이미 한 조문을 몇번이고 또 하고는 조용조용한 목소리로 내게 소개했다. 그중에 이런 이도 있었다.

"이 냥반 큰놈이 깡패였는디 자네 아부지가 오야붕하고 담판을 짓고는 빼내 왔다네. 광주 있으면 또 워찌 될랑가 모린다고 강화도 워디 화원에다 취직을 시켜가꼬 지금은 건실하게 잘 산당마."

아버지가 무슨 수로 깡패 두목과 담판을 지었을까? 생각해보니 언젠가 서방파의 일인자라나 이인자라나와 함께 감옥살이를 한 적이 있다는 말을 들은 기억이 났다. 안면이 있으니 찾아갔겠지. 그러고 보면 감옥도 하나의 세상일지 몰랐다. 거기서도 누군가를 만나고 누군가와 사연을 쌓고 누군가를 좋아하기도 하고 미워하기도 할 테니 말이다.

아버지가 광주교도소에서 잠깐 만난 무등산 타잔 이야기를 한 적이 있다. 가난했던 그의 가족은 무등산 중턱에 무허가 집을 지었고, 철거반원들이 그 집을 불태운 뒤 거동조차 불편한 동네 사람들의 집에 불을 지르려 하자 순식간에 장정 넷을 망치로 때려죽였다. 아버지가 출소한 이듬해 크리스마스이브에 그의 사형이 집행됐다. 붙잡힌 지 삼년 만이었다. 그는 사상범이나 살인자를 통틀어 죽음 앞에서 울지 않고 쫄지 않는 사람으로 소문이 자자했다. 아버지는 친하게 지내던 교도관에게 그의 소식을 전해들었다. 그가 담담하게 죽음을 맞았노라고, 아버지는 담담하게에 방점을 찍어 말했다. 내가 별 반응이 없자 아버지가 덧붙였다.

"사램이 덤덤하게 죽음을 맞이하기가 쉬운 중 아냐! 총 소리만 나면 꿩 새끼마냥 대가리부텀 바우 밑으로 디미는 사램도 있었어야. 갸가 김대 출신이었는디 똑똑허그나 말그나 죽음 앞에 장사 있가니. 대가리만 숨기면 뭐 한대? 궁뎅이랑 허벅지랑 벌집이 돼가꼬 즉사했는디. 헥멩가란 놈도 그랬는디 홍숙이 갸는 사형장으로 끌레감시롱도 덤덤하더랑게. 하기사 갸는 노상 자개는 사형을 당해도 못 갚을 죄를 졌다고 그랬어야. 목에 밧줄을 거는디 시상 펜안한 표정이었단다. 쬐까라도 죄를 갚는다 생각혀서 그랬겄제이. 지는 펜히 갔는디 우리는 갸가 아까와 죽겄드라."

아버지는 죽음 앞에서 담담했을까? 인간의 시원은 먼지, 누구라도 언젠가는 그 시원으로 돌아가야 하는 것이 불변의 과학이라 생각하는 사람답게 담담하게 맞이했을 것도 같고, 아는 것은 머리요, 정작 죽음이 닥쳤을 때는 머리만 바위 밑으로 디밀었다는 김일성대 출신의 엘리트처럼 공포에 떨었을 것도 같았다. 뇌출혈이었으니 죽음을 두려워할 순간조차 주어지지 않았을지도 모른다. 어머니 말에 따르면 전봇대에 머리를 박고 병원으로 실려 간 아버지는 이내 정신을 차렸다. 한두시간 누워서 경과를 본 후에 퇴원하라는 게 병원의 유일한 조치였다. 침상에 누워 있던 아버지는 느닷없이 벌떡 일어나 집에 갈라네, 헛소리를 하고는 순식간에 정신을 놓았고, 순천 가는 구급차 안에서 정신이 없는 채로 어머니의 손을 잡은 게 마지막이었다. 손을 잡은 건 두려워서였을까, 아니면 담담한 인사였을까?

박선생이 새벽부터 데려온 조문객의 등을 내 쪽으로 밀며 말했다.

"어이, 인사하소. 자네도 소성철 선상님 알제? 그 냥반 장남이시네. 밤차 타고 왔는디 얼릉 가봐야 헌다고 혀서 일찍 왔네."

만난 적은 없지만 소선생 덕분에 나는 감옥에 있는 아버지를 철창 너머가 아니라 교도소장의 방에서 만날 수 있었다. 소선생은 아버지와 어머니의 은사였다. 두 사람을 중매한 사람이기도 했다. 소선생은 전쟁이 나기 전 어느 날 아버지와 다른 제자 한명을 불러 밥을 샀다.

"내 제자들 중 느그가 최고다. 긍게 서로 돕고 지내그라."

아버지는 물론 좌익이었고, 다른 제자는 우익이었다.

"좌익 시상이 되면 니가 쟈를 봐주고, 우익 시상이 되먼 니가 쟈를 봐줘라."

좌익 세상은 꿈처럼 짧게 끝나 아버지는 소선생의 다른 제자를 봐줄 기회가 없었다. 우익 세상에서 공화당 삼선 의원을 지낸 제자는 은사의 당부를 잊지 않고 여러차례 아버지의 편의를 봐주었다. 교도소장의 방에서 특별면회를 할 수 있었던 것도 그이의 도움 덕이었다. 워낙 혹독한 전쟁을 경험한 그 시절에는 이런 인간미가 흔했던 것인지, 아니면 소선생이 워낙 좋은 선생이라 좋은 제자를 둔 것인지는 모르겠다. 아무튼 그런 시절이 있었다.

소선생의 장남 이야기를 아버지로부터 자주 들었다. 집에 좋은 생선이 있는 날은 어김없이 그가 다녀간 날이었다. 수협의 임원급이라는 그는 간혹 일이 있어 여수에 올 때면 꼭 구례에 들러 구례장에서는 볼 수조차 없는 사람 키만 한 갈치며 민어, 서대 등속을 한 박스씩 떨구고 갔다. 생선만 준 게 아니다. 때때로 용돈도 줬다. 언젠가 어머니가 이십만원이 든 돈 봉투를 하염없이 바라보았다. 오래전이었으니 꽤 큰돈이었다.

"펭상 이만헌 돈을 넘헌티 꽁으로 받아본 적이 없어야. 워째야 쓰끄나……"

평생 도망 다니고 감옥에 있느라 은혜조차 갚은 바 없는 제자를, 스승의 아들이 찾아오는 이유를 나는 묻지 않았다. 내 부모에게는 물어도 이해할 수 없는 일들이 너무 흔했다. 그러나 묻지 않은 이유는 그 때문이 아니었다. 알고 싶지 않았다. 알면 내 빚이 될까봐. 아버지는 누군가의 목숨을 살리기도 했지만 누군가의 덕으로 살기도 했다. 빨치산들끼리 속엣말이라도 하고 살라며 어머니 아버지를 중매한 소선생은 결혼식은커녕 단칸방 하나 구할 여력이 없던 제자 내외를 위해 자기 집 문간방을 내주었다. 세상에 다시없을 선생은 일찍 떠났고 그 아들이 대를 이어 세상의 제 자리를 잃고 돈도 없고 이름도 없고 정처 없는 내 부모를 보살핀 것이다.

내 부모가 은혜를 갚기란 진작에 튼 터, 자칫하면 은혜 갚기가 내 몫으로 오롯이 남을 판이었다. 빨치산의 딸이라는 천형에 가난까지 물려받은 것만으로도 지긋지긋한데 빨치산이 입은 세상의 온갖 은혜까지 물려받고 싶지 않았다. 그래서 나는 부모의 대화에 자주 등장하여 분명 몇번이고 들었을 소선생의 장남 이름을 기어코 기억에 남기지 않은 것이었다.

그래봤자 세상은 절대 호락호락하지 않다. 오늘 그는

방명록에 이름을 남길 것이고, 나는 간혹 그 이름을 들여다보게 될 것이며, 그때마다 내 아버지가 입은 은혜를 나날이 뼛속 깊이 각인시킬 밖에는 도리가 없을 것이었다. 마치 그러라고 온 듯 그는 조문을 하고 얼핏 봐도 두툼한 봉투를 조위금 함에 넣은 뒤 황망히 자리를 떴다. 내게 특별히 다정하지도 않았고 친절하지도 않았다. 아주 사무적으로 조문만 했을 뿐이다. 고작 오분도 걸리지 않았다. 이러려고 이 먼 길을 달려왔는지 의아할 지경이었다. 어쩌면 내 아버지가 그에게는 이 정도의 사람이 아니었을까, 못된 생각도 들었다. 그러나 오분보다 더 중요한 건 서울서 구례까지의 거리였다. 기차로 네시간, 왕복 여덟시간, 그는 아버지를 위해 자신의 하루를 기꺼이 투자했다.

"또 올라네."

어김없이 같은 말을 남기고 박선생은 소선생의 장남과 장례식장을 떠났다. 주차장까지 나가 그들을 배웅했다. 소선생 장남은 정말 바쁜 일이 있는지 걸음이 빨랐고, 뒤따르는 박선생의 걸음은 위태위태했다. 그만 오셔도 된다는 말을 하고 싶었으나 참았다. 힘에 부치더라도 이것이 친구를 보내는 박선생의 방식일 테니까.

아버지의 우파 친구가 사라진 길로 좌파 친구들이 몰

려오고 있었다. 잠 없는 노인네들이란 걸 깜빡 잊고 있었다. 새 음식이 몇시에 오는지 분명 들었는데 기억나지 않았다.

문 여닫는 소리에 죽은 듯 쓰러져 있던 사람들이 하나둘 꾀죄죄한 몰골로 깨어나기 시작했다. 어제 종일 음식을 담당했던 큰집 언니들도 부스스 눈을 떴다. 노인네들이 우 몰려들자 막내언니가 황급히 냉장고 앞으로 달려갔다.

"아이, 밥이랑 육개장은 쪼까 있는디 이걸로 우선 상을 차리끄나?"

때마침 조리실과 연결된 문이 활짝 열렸다. 떡집 언니였다. 언니가 커다란 들통을 내려놓았다.

"전복죽 쪼까 끓에 왔어라. 연세 있는 손님들이 많아서 암만 해도 일찍 잡술 것맹키라 서둘렀는디 까딱했으면 늦었겄그마요이. 넉넉하게 끓에 왔응게 같이들 잡수씨요. 오늘 묵을 것은 여덟시꺼정은 온다네요."

어제도 어머니 저녁으로 깨죽을 챙겨주고 늦게야 퇴근했는데 언제 장을 보고 전복죽을 끓여 왔는지 모를 일이었다.

"아이, 누군디 이리 지극정성이다냐?"

떡집 언니는 사촌들이 알아 좋을 일 없으니 아무 말도 하지 말라고 했지만 그러려면 자기도 모르는 사람 상 치르듯 했어야지, 들통이 안 날래야 안 날 수가 없었다.

"엄마 친구 딸. 평소에도 반찬 챙겨다 주고 그러셨어요. 어머니가 일찍 돌아가셔서 엄마를 자기 엄마처럼 모시나봐."

"아이고야."

들통을 열던 언니가 탄성을 내질렀다.

"전복이 반이다야. 이 안 좋은 노인네들 있을까비 전복을 싹 다 갈았는갑다. 묵기 좋겠다."

어제 남은 밑반찬에 전복죽으로 아침상을 차렸다. 전복죽은 인기 만점이었다.

"상갓집에서 전복죽 묵어보기는 난생 첨이네."

소년 빨치산이 맛나게 전복죽 한대접을 뚝딱 해치우고는 말했다.

"주방에서 일하시는 분 어머니가 레포셨대요. 엄마 친구셨구요."

"긍게 글제! 워쩐지 겁나게 맛나드라니……"

레포의 딸이 끓였다고 맛있기야 하겠는가. 남다른 손맛에다 무엇에든 정성스러운 언니의 마음이 담겨 맛있을 터였다. 동지의 딸이 끓인 전복죽이니 빨치산들에게는 남다른 맛이기도 할 것 같았다. 평생 떡 만들며 살아온 언니가 동지는 아니니 이 전복죽이 동지애의 발로는 아니었다. 그러나 어찌 됐든 가난한 빨치산의 장례식에는 날고 기는 사람들의 장례식에도 없을 전복죽이 있다! 어쩐지 마음이 언니가 뽀땃하게 끓여 온 전복죽처럼 뽀땃해지는 느낌이었다.

어제는 깨죽을 반 넘게 남겼던 어머니가 이모들과 함께여서 그런지 전복죽 한대접을 말끔히 비웠다. 종일 앉아 있는 것만 해도 버거울 어머니였다. 나는 이모들에게 부탁해 어머니를 집으로 모시게 했다. 내일 화장장이며 장지까지 가려면 몇시간이라도 눈을 붙여야 했다. 줄초상을 치를 수는 없었다.

집에 가려던 어머니가 떡집 언니를 불러달라고 했다. 언니는 젖은 손을 앞치마에 닦으며 한달음에 달려왔다. 언니를 보자마자 어머니 눈가가 촉촉해졌다. 어머니는 언니의 손을 잡고 하염없이 토닥거렸다.

"나가 자네 덕에 제우 살았네. 나 땜시 끼니마동 힘들제? 하던 일하랴, 죽 끓에대랴…… 이 은혜를 워치케 갚아야 쓸랑가 모리겠네."

"아이고 무신 말씸이시대요. 아짐헌테만 긍 것이 아니고 속 안 좋다는 상주들 있으면 간혹 끓에줘라."

매번 느끼는 것이지만 언니는 말을 참 예쁘게도 한다. 내가 저런 말을 할 줄 알았다면 지금쯤 정교수가 되고도 남았을 것이다. 내 말에는 칼이 숨어 있다. 그런 말을 나는 어디서 배웠을까? 아버지가 감옥에 갇힌 사이 나는 말 속의 칼을 갈며 견뎌냈는지도 모르겠다.

"나가 자네 속을 모리겄능가. 고맙네이. 참말 고맙네."

어머니가 몸을 일으키려 하자 언니가 재빨리 겨드랑이 밑으로 양손을 넣어 부축했다. 내가 부축할 때와 달리 어머니는 쉽게 일어섰다. 걸음을 떼기 전 어머니는 다시 언니의 손을 잡았다.

"야가 공부만 했제 암것도 모리네. 자네가 간혹 들에다 봄시로 갈체주소이. 자네가 여개 있옹게 내 맘이 이리 편허네."

어머니가 이모 차에 오르며 내게 말했다.

"아이, 멋이든 니 혼차 정하지 말고 언니랑 의논해라이. 언니 말만 들으면 자다가도 떡이 생깅게."

"아이고 무신 말씸이시대요. 어제 봉게 배운 사람은 멋이 달라도 다르드만요. 혼차서도 잘만 허대요. 요리 야물

딱진 상주가 워디 있다고라."

언니가 문밖으로 흘러내린 어머니의 스카프를 잡아 나비 모양으로 예쁘게 다시 묶었다. 누가 보면 언니가 딸 같겠다 싶었다.

어머니가 떠나자마자 황사장 사무실 문이 벌컥 열렸다. 지팡이가 먼저 보였다. 어제의 상이용사였다.

"아따, 성님. 여개서 계속 잡수랑게 거개는 뭐 할라고라?"

언제 왔는지 상이용사의 얼굴이 벌써 시뻘겠다. 식전부터 술을 마신 모양이었다. 하기야 술꾼에게 시간이 대수랴. 술꾼은 시간을 뛰어넘은 자, 아니 어쩌면 어느 시간에 못 박혀 끊임없이 그 시간으로 회귀하는 자일지 모른다. 작은아버지가 그랬다.

"조문한당게!"

월남전에서 다리를 잃었다고 했으니 아마도 육십년대 후반이나 칠십년대 초반, 원래의 다리보다 더 오래 다리 노릇을 해온 때문인지 노인은 지팡이를 능숙하게 움직여 비틀거리지도 않고 내 쪽으로 다가왔다.

"아따 조문은 무신…… 나랑 쐬주나 마시장게."

다리 불편한 노인네를 확 낚아챌 수도 없는 노릇, 황사장이 어쩌지도 못하고 졸졸 뒤를 따르며 다그쳤다.

"왜? 나는 베트콩 때려잡던 사램잉게 뿔갱이 조문하먼 안 된다는 것이여! 나가 고상욱이 때려잡았간디?"

"들어가세요. 가서 조문도 하시고 식사도 하세요."

분기탱천했던 노인이 순순히 내 뒤를 따랐다. 노인은 절을 하지 않았다, 아니 하지 못했다. 아무 데나 짚고 다니던 지팡이를 짚고 조문실로 들어온 노인은 바닥에 털썩 주저앉았다. 물끄러미 아버지 영정을 바라보던 그가 눈물을 흘리지도 않았는데 눈을 쓱 비볐다. 이제는 밖으로 흘러넘칠 눈물조차 남아 있지 않을 성싶기도 했다.

노인이 품에서 뭔가를 꺼내 바닥에 내려놓았다. 오래된 사진이었다. 내게 보여주려 가져온 모양이었다. 무릎걸음으로 다가가 사진을 집어 들었다. 누르스름하게 변색된 사진 속에서 세명의 남자가 팬티 차림으로 어깨동무를 하고 있었다. 섬진강 문척 나루터였다. 국민학교에 입학하기 직전까지 나도 그 나루터에서 배를 타고 아버지를 따라 읍내 나들이를 하곤 했었다. 아버지가 하동댁 궁둥이를 두드린 날도 나는 입이 댓발이나 나온 채 이 나루터에서 배를 타고 집에 돌아갔다.

맨 오른쪽, 수건을 머리에 늘어뜨린 남자를 나는 한눈에 알아보았다. 열대여섯쯤 됐을까? 젊디젊은 아버지였

다. 아니 아직 젊음을 꽃 피우기 전, 수염도 나지 않은 소
년 아버지였다. 내가 본 아버지의 사진 중에서 가장 젊은
모습이었다(할머니가 무명천에 꿰매놓은 국민학교 졸업
사진이 더 어릴 때이긴 하나 단체사진이라 얼굴이 콩알만
하여 나는 이날 입때껏 아버지를 찾아내지 못했다).

"가운데가 우리 성이여. 상욱이 성이랑 둘이 엄청시리
친했어. 만날 붙어 다녔응게. 나도 만날 성들을 쫓아댕겼
는디⋯⋯ 근디 인자 성 얼굴이 생각이 안 나. 사진을 봐도
이, 요 사램이 우리 성인갑다, 모리는 넘 보디끼 본당게."

사진 속의 아버지는 딴 사람인 듯 낯설었다. 아버지는
어릴 때의 얼굴도 지금과 크게 다르지 않았다. 아버지를
아는 사람이라면 누구라도 알아볼 수 있을 정도였다. 낯
선 건 본 적 없는 싱싱한 젊음과 정면을 제대로 응시한,
사팔뜨기 아닌 눈이었다. 사진 속 문척 모래사장은 지금
과 달리 곱고 넓었고, 빛바랜 흑백사진임에도 불구하고
작열하는 태양의 열기가 느껴지는 듯했다. 그 열기마저
식힐 듯 아버지의 청춘은 싱그러웠다. 아직 사회주의를
모를 때의 아버지, 열댓의 아버지는 자기 앞에 놓여 있는
질곡의 인생을 알지 못한 채 해맑게 웃고 있었다. 사진 속
소년 둘은 입산해 빨치산이 되었고, 그중 한 사람은 산에

서 목숨을 잃었다. 형들을 쫓아다니던 동생은 형을 잃고 남의 나라에서 제 다리도 잃었다. 사진과 오늘 사이에 놓인 시간이 무겁게 압축되어 가슴을 짓눌렀다.

"나는이, 상욱이 성만 보면 성이 나드라고. 감옥에 가고 고생은 했겄제만 그래도 지는 살아 있응게. 살아서 겔혼도 허고 새끼도 보고 희컨 머리도 남시로 늙어강게. 나는 우리 성 늙어가는 것도 못 봤는디, 지는 자꼬 내 앞에서 늙어강게……"

내 부모는 평등한 세상이 곧 다가오리라는 희망을 품고 산에서 기꺼이 죽은 사람들을 늘 부러워했다. 쭉정이들만 남아서 겨우겨우 살고 있노라, 한탄을 하기도 했다. 그런데 누군가는 그런 삶이 부러워 미웁기도 했던 것이다. 어느 쪽이 나은지는 모르겠지만 나는 그의 마음을 짐작은 할 것 같았다.

나는 전혀 알지 못했던 내 아버지의 청춘이 담긴 사진을 그에게 건넸다. 그는 말없이 자리에서 일어나 지팡이를 짚었다. 사진은 바닥에 남겨둔 채.

"자네 줄라고. 인자 우리 성 얼굴도 잊어불라고."

그는 아침이라도 먹고 가라는 내 말을 들은 척도 않고 아무 데나 짚었던 지팡이로 힘주어 조문실 바닥을 짚으며 걸음을 옮겼다. 출입문 앞에서 나를 돌아본 그가 무슨 말을 할 듯 달싹거리다 말했다.

"또 올라네."

여기 사람들은 자꾸만 또 온다고 한다. 한번만 와도 되는데. 한번으로는 끝내지지 않는 마음이겠지. 미움이든 우정이든 은혜든, 질기고 질긴 마음들이, 얽히고설켜 끊어지지 않는 그 마음들이, 나는 무겁고 무섭고, 그리고 부러웠다.

술이 불콰한 상태로도 지팡이를 다리처럼 자유롭게 쓰는 그의 뒷모습을 오래도록 바라보았다. 미련 없이 잘 가라는 듯 오늘도 날은 화창했고, 도로변에는 핏빛 영산홍이 불타오르고 있었고, 허벅지 아래로 끊어진 그의 다리에서 새살이 돋아 쑥쑥 자라더니 어느 순간 그는 사진 속 그의 형보다 어린 소년이 되어 달음박질을 치기 시작했다.

*

오전 열시, 염이 시작됐다. 사촌들은 물론 박선생, 박동식 오라버니, 황사장, 김상욱씨 등등 아버지와 가까웠던 사람들이 널찍한 통유리창 두면 앞에 몇겹으로 늘어섰다. 금속 침대 위에 놓인 아버지의 모습은 임종 때와 별반 다르지 않았다. 아버지는 산에서 수도 없이 시신을 보았다. 동지가 바로 곁에서 내장을 쏟아내며 죽는 모습도 숱하게 보았고, 까마귀가 머리 잘린 동지들의 시신을 뜯어먹는 모습도 숱하게 보았다. 아버지의 잔혹한 불운이 거대한 산맥처럼 내 앞에 우뚝 버티고 선 덕인지 나는 험한 꼴을 단 한번도 보지 않았다. 사람이 다치는 교통사고를 목격한 적도 없고, 뼈가 부러지기는커녕 발을 삐끗해본 적도 없다. 시신은 물론 본 적이 없다.

시속 180킬로로 고속도로를 달려 병원에 도착했을 때 아버지는 시체처럼 창백했다. 몇시간 전 의식을 잃은 아버지는 얼굴의 근육이 완전히 이완되어 편안하디편안한 모습이었다. 살아 있는 사람의 얼굴은 어느 근육이든 긴장한 상태인 모양이었다. 세상사의 고통이 근육의 긴장으로 드러나는 것은 아닐까 싶었다. 죽음이란 고통으로부터 해방되는 것, 아버지는 보통 사람보다 더 고통스러운 삶을 살았으니 해방의 기쁨 또한 그만큼 크지 않을까, 다시는 눈 뜰 수 없는 아버지의 얼굴을 보면서 나는 그런 생각을 했다.

염사가 능숙한 솜씨로 아버지의 몸을 한쪽으로 틀어 머리 시신 밑에 깔아둔 수의를 잡아당겼다. 아버지의 몸이 하얬다. 늘 새까맣게 그을었던 얼굴도 핏기가 가신 탓인지 평소보다는 하얬다. 사람들은 아버지가 본디부터 새까만 줄 알았다. 나는 어릴 때부터 별명이 늘 깜씨였고, 누구라도 아버지 닮아 그런 줄 알았다. 아닌 것을 나만 알았다.

네살 때였나. 무슨 일이었는지 아버지와 나 둘이 읍내를 다녀오는 길이었다. 하동댁 사건이 있기 전이었지 싶다. 내 기억은 아버지가 알몸으로 섬진강에서 걸어 나오는 순간부터 시작된다. 여름이라 강까지 걸어오느라 땀을 흠뻑 흘렸을 터였다. 장날이 아니었는지 오가는 사람도 없고 뱃사공을 불러도 대답이 없고, 아버지는 땀을 식히기 위해 미역을 감았다. 나는 왜 강물에 들어가지 않았는지는 모르겠다. 평소처럼 무등을 탄 덕에 땀을 흘리지 않아서였을 수도 있다. 아버지는 별 생각 없이 옷을 벗어둔, 그러니까 내가 있는 쪽으로 걸어왔다. 몸 약한 어머니를 대신해 노상 나를 목욕시킨 건 아버지였고, 여름이면 무수히 계곡에서 놀았을 테지만 그런 날들은 기억에 남아 있지 않다.

그날, 나는 나를 향해 걸어오는 아버지를 바라보았다. 아버지의 몸에는 러닝셔츠 자국이 선명했다. 알몸인데도 러닝셔츠를 입은 것 같았다. 러닝셔츠 입었던 상체 부위와 바지에 가려 있던 하체는 하얗고, 가려지지 않은 부위는 새까맸다. 그게 우스워 깔깔거리던 내 눈에 낯선 무엇인가 눈에 띄었다. 아버지의 다리 사이에서 나에겐 없는 것이 달랑거리고 있었던 것이다. 뭔가 싶어 나는 뚫어져라 응시했다. 시선을 느낀 아버지가 게처럼 옆걸음으로 속도를 높여 후다닥 옷을 입었다. 그 순간 나는 내 인생 최초의 깊은 슬픔을, 무엇으로도 메울 수 없는 결여를 느꼈다.

아버지에게 있는 것이 나에게는 없다!

다음 날부터 나는 아버지처럼 서서 오줌을 눴다. 그런다고 나에게 없는 것이 생기지는 않았다. 번번이 팬티와 바지를 적셔 어머니에게 지청구를 들었을 뿐이다. 그 기억이 안개에 잠긴 섬진강처럼 흐릿하게 남아 있었고, 아버지의 시신을 보자 또렷하게 되살아났다. 네살 때의 아버지는 나에게 나와 같은 존재였다. 일심동체. 아버지의 알몸을 본 섬진강에서 나는 이미 아버지와 분리되었다. 그러니까 내게서 아버지를 빼앗아간 것은 이데올로기나

국가만이 아니었던 것이다. 아니다. 아버지와 다름을 깨닫고 아버지를 닮고자 서서 오줌을 눌 만큼 아버지는 나의 전부였다. 그 아버지를 이데올로기가, 국가가 빼앗아 간 것이다.

어느 쪽인지는 확실치 않았다. 다만 분명한 것은 차가운 철제 침대에 누워 수의에 싸이고 있는 저 시신과 내가 적어도 한때는 한 몸이나 같았다는 점이었다. 아버지는 나의 우주였다. 그런 존재를, 저 육신을, 이제 다시는 볼 수 없다. 지금 이 순간에도 생생하게 시간과 공간의 한 지점을 점령하고 있는 저 육신이 내일이면 몇줌의 먼지로 화할 것이다.

마음 저 밑바닥에서 물기가 차오르기 시작했다. 눈물로 솟구쳐 나오려는 순간 누군가 나보다 먼저 울음을 터뜨렸다. 학수였다. 타인의 눈물이 가문 날의 태양 볕처럼 내 마음에 가득 차오른 습기를 불태웠다.

학수 뒤로 낯익은 뒷모습이 보였다. 술에 취해 휘적휘적 걸어 나가고 있는, 껑충하니 비쩍 마른 저 뒷모습은 분명 작은아버지였다.

"작은아버지!"

소리쳐 불렀으나 뒷모습은 멈추는 대신 걸음의 속도를

높였다.

"작은아버지!"

학수를 밀치고 빠른 걸음으로 작은아버지를 향했다. 언젠가 이런 날이 있었다. 작은아버지와 내가 인생의 어떤 순간을 공유한 유일한 날. 그때는 작은아버지가 나를 불렀고, 나는 돌아보지 않은 채 걸음을 재촉했다. 그래봤자 작은아버지의 자전거에 금세 따라잡혔지만.

고삼 여름방학이었다. 연좌제라는 것을 알고 난 뒤 공부를 작파했고, 당연히 성적은 바닥을 치는 중이었고, 대학에 갈 계획도 없었다. 계획이 있었다 한들 그 성적으로는 어림도 없었다. 그런데 무슨 이유에서인지 고삼 담임 선생이 나를 끔찍하게 아꼈다. 부반장 어머니가 학교에 한번 찾아오지도 않는다고, 그러니까 촌지도 안 준다고 아이들 앞에서 내 뺨을 후려친 선생들도 있었지만, 가난해서 혹은 빨갱이의 딸이라서 나에게 지극한 관심을 가져준 선생들도 더러는 있었다. 고삼 담임이 그러했다. 그런다고 해서 나에게 찍힌 빨갱이의 낙인이 사라질 리도 없는 터, 게다가 그 무렵의 나는 호의가 악의보다 더 비참하고 자존심 상하는 못난이였다.

여름방학이 시작되자마자 담임은 우리 반 일등부터 오

등까지를 버스도 다니지 않는 두메산골 우리 집으로 보냈다. 근묵자흑이라고, 사당오락을 굳게 신뢰하여 잠을 줄이고 코피를 쏟아가며 공부하는 모범생들과 함께하다보면 제 아무리 엇나간 놈이라도 몇시간은 공부를 하겠지 싶은, 담임의 잔꾀였다. 몸 약해 우리 세 식구 밥도 겨우 하는 어머니가 담임의 꼬임에 홀랑 넘어가 그 여름 고생을 자처했다.

아이들에게는 참으로 유용한 여름이었다. 그때만 해도 앞뒤 문만 열어놓으면 산골의 여름은 선풍기 없이도 서늘했고, 반내골은 개울 외에는 어떠한 여가활동도 허락하지 않는 첩첩산중이었으니까. 아이들은 정말 눈에 불을 켜고 공부했다. 이런 걸 두고 형설지공이라 하는구나, 나는 감탄만 했다. 엄마는 종일 텃밭과 수돗가와 아궁이를 오가며 때 아닌 하숙생들 삼시세끼 챙겨 먹이느라 밤마다 끙끙 앓았다. 나는 그 소리를 자장가 삼아 잠들고, 아이들은 그 소리에 선잠에서 벌떡 깨어 다시 책을 펼쳐 들었다. 그래도 양심이 아주 없지는 않아 교과서 달달 외는 아이들 옆에 대자로 누워 소설책이나 한가로이 읽고 있는 모습을 어머니에게 보이자니 심장 어디께가 근질근질한 것 같았다.

그래서 나는 아침밥을 먹고 나면 소설책을 몇권 들고 밤밭으로 향했다. 밤밭 한가운데 너럭바위라고, 어른 대여섯명 뒹굴거릴 만한 큰 바위가 있었는데, 늙은 살구나무 세그루가 호위병인 양 에워싸고 있어 여름날을 보내기에 안성맞춤이었다. 바위는 서늘하고 살구나무 늙은 잎사귀는 바람에 살랑이고 그 틈으로 잔햇살이 너울거리고, 소설이나 읽다가 단잠에 빠져들기 딱 좋았다. 여느 날처럼 까무룩, 단잠이라기보다 소설 속 어떤 세상에 빠져들 참인데, 이놈! 벽력같은 고함소리가 나를 다시 이 누추한, 빨치산의 딸인 세상으로 끌어내리는 것 아닌가. 어룽거리는 햇살을 막고 선 시커먼 그림자는 아버지였다. 아버지의 손에는 시퍼런 낫이 들려 있었다(순간 소스라치기는 했으나 물론 그 낫은 나를 위한 용도가 아니었다. 한여름 어른 키만큼 자란 밤밭의 잡초를 베러 왔다가 입시가 코앞인데 저 혼자 팔자 늘어진 딸을 발견하고 낫을 놓을 새도 없이 바위로 성큼 뛰어올랐던 것뿐이다).

　　"원제꺼정 이리 허투루 살라냐! 니 어매가 시방 누구 땜시 저 고상을 허는디… 인두껍을 썼으먼 니도 밥값은 해야제!"

　　그때까지 그렇게 노기에 찬 아버지 얼굴을 본 적이 없

었다. 역시 소스라치기는 했으나 노기라면 나도 아버지 없는 동안 쌓이고 쌓여 만만치 않았다. 뉘 집 개가 짖냐는, 나른한, 그 여름에 참으로 적절한 표정을 얼굴에 덧입힌 채 나는 손에 쥐고 있던 소설책을 느릿느릿 눈높이로 들어올렸다. 순간 아버지의 낫이 책의 귀퉁이를 베며 눈앞으로 스쳐갔다. 농사일은 젬병인 양반이 그날따라 낫을 갈고 갔는지 오만과 편견의 견자 중 ㅕ와 ㄴ이 싹둑 베여 나갔다. 베인 것은 글자만이 아니었다. 뭐랄까, 아버지와 나를 잇고 있던, 세월 지날수록 얇아진 어떤 인연, 혹은 마음의 끈이 싹둑 잘려나간 것 같았다. 나는 천천히 몸을 일으켰다. 그러면서 생각했다. 아버지는 낫을 휘둘러서는 아니 되었다. 밥값을 하라고 해서도 아니 되었다. 아버지가 해야 했던 것은 빨치산의 딸로 살게 해서 미안하다는 진정한 사과였다.

참고로 나는 아버지와 달리 싸움에 제법 재주가 있다. 그래봤자 평생 세번 싸웠지만, 어쨌든 그 세명의 상대는 처참하게 KO패 당했다. 아버지는 분노한 사람에게 진정을 하라고 다독이지만 나는 분노한 사람의 분노를 끌어올린다. 제 분에 못 이겨 울음을 터트리거나 발광을 할 때까지. 나는 그 울음을, 발광을, 참으로 침착하게 평소보다 더

평온한 상태로 응시할 뿐이다. 그 차분한 응시가 보태지면 상대들은 대응할 힘을 잃는다. 그날의 아버지가 나에게 참패한 세 명 중 한 명이었다.

몸을 일으킨 나는 발치에 놓인 몇 권의 책에 시선을 던졌다. 다 어디선가 빌린 책이었고, 먼 길을 떠날 때 가져갈 만한 책도 아니었다. 나는 그 여름 나의 은신처였던 늙은 살구나무 세 그루를 일별하고는 천천히 기지개를 켰다. 빨치산의 딸로 살아온 지난 시간들이, 그 시간 동안 축적된 나의 살이며 뼈 같은 것들까지 숨으로 화하여 내 밖으로 내던져지기를 간절히 기원하면서. 짧은 기도가 이루어진 듯 몸이 개운했다. 나는 가비얍게 바위 위에서 풀쩍 뛰어내렸다. 그러고는 아버지가 잘 벼린 낫으로 베어놓은 밤밭을 성큼성큼 걸었다. 몇 걸음 걷다 뒤돌아봤을 때 아버지는 넋을 잃은 표정이었다. 그런 아버지를 향해 나는 길 떠나는 홍길동인 양 깊숙이 허리 숙여 절을 했다. 다시는 뒤돌아보지 않았다.

읍내까지 걸어서 두 시간, 반내골이 멀어질수록 발걸음이 가벼웠다. 반내골만 아니라면, 빨치산의 딸만 아니라면, 어디 가서도 잘 살 수 있을 것 같았다. 갑자기 공부에 대한 의욕도 솟구쳤다. 서울역에 도착하면 직업소개소를 찾아가야지. 이 인물을 술집에 팔아먹을 리는 없을 테고, 식모 자리를 소개해달라고 하면 되겠다. 틈틈이 공부해서 검정고시를 보자. 그런데 서울 갈 여비는 어떻게 마련하나. 큰고모는 짠순이라 안 줄 테고 작은고모는 돈이 없을 테고, 엄마 친구를 찾아가면 되겠네. 근데 무슨 거짓말로 돈을 빌리나. 뭐 그런 생각들을 하며 나는 신이 났다. 빨치산의 딸이 아닌 어떤 인생이라도 기꺼이 받아들일 수 있을 것 같았다. 그날 나는 한여름 땡볕 속을 더운 줄도 모르고 땀이 흐르는지도 모르고 날아갈 듯 걸었다.

모퉁이를 돌면 포도밭, 포도밭을 지나면 면 소재지, 콧노래를 흥얼거리며 걷는데 뒤에서 자전거 소리가 들렸다. 아버지인 줄 알았다. 걸음의 속도를 높였다.

"아리야!"

숨을 헐떡이며 내 앞으로 끼이익, 자전거를 세운 이는 뜻밖에 작은아버지였다. 작은아버지를 반내골 아닌 곳에서, 그것도 단 둘이 대면한 것은 처음이었다. 그 자체가 어색했다. 나는 자전거를 비켜 내쳐 걸었다. 작은아버지의 자전거가 천천히 나를 따라왔다. 자갈투성이인 신작로에서는 자전거로 천천히 가기가 더 힘든 법이다. 자전거가 비뚤비뚤 흔들리는 게 뒤통수에 눈이라도 달린 것처럼 분명하게 느껴졌다.

면 소재지를 지나고 저수지를 지날 때쯤 작은아버지가
불렀다.

"아리야. 고만 가자."

들은 척도 않고 걷기만 했다.

"워쩌겠냐, 가야제."

돌아가야 한다는 것인지 내처 가야 한다는 것인지 가
늠하기 어려웠다. 섬진강이 보일 때까지 작은아버지는 말
이 없었다. 끼긱거리는 자전거 소리에 언제부턴지 숨이
막혔다. 섬진강을 건너면, 군부대를 지나면, 숨이 탁 트일
것 같았다. 섬진강까지는 내리막길이었다. 작은아버지의
자전거가 나를 앞서 달리기 시작했다. 어느 순간 자전거
가 보이지 않았다.

"아리야."

작은아버지가 원두막에서 나를 불렀다.

"요놈으로 목이나 축이고 가자이."

어린 시절 아버지와 읍내 나들이를 할 때 배를 기다리
면서 수박을 먹곤 했던 먼 친척의 수박밭이었다. 울컥 목
이 메었다. 목이 찢어질 듯 마르기도 했다. 나는 섬진강과
양쟁이들, 읍내가 한눈에 내려다보이는 원두막에 앉아 작

은아버지와 말없이 수박 한통을 다 먹었다. 작은아버지는 독한 담배 연기를 피워 올리며 무심히 읍내 쪽에 시선을 던져두고 있었다.

"저 질이 암만 가도 끝나들 안 해야."

아, 작은아버지도 나처럼 이 길을 따라 떠나고 싶었구나. 떠나려고 이 길을 걸어와봤구나. 그런데 왜 떠나지 못했냐고 나는 묻지 못했다, 묻지 않았다. 묻지 않아도 어쩐지 알 것 같았다. 우리는 가자 못 간다 실랑이도 없이 아무 일도 없었던 듯 왔던 길을 되짚어 돌아갔다. 작은아버지는 우리 집 사립문 밖에 자전거를 세우고 내가 내리기를 기다렸다. 쉰내 풀풀 나는 작은아버지의 등에서 떨어지는 게 시원섭섭했다. 이 쉰내 같은 게 혈육인가 싶었다. 나를 데리러 오가느라 밴 그 쉰내가 정겨운 듯도 역겨운 듯도 했다.

나를 앞질러 자전거를 세웠던 작은아버지처럼 나도 앞질러 길을 가로막았다. 역시 작은아버지였다. 말없이 작은아버지의 팔을 잡아끌었다. 이삼초 만에 작은아버지의 팔이 순순히 나를 따라왔다. 오늘도 그날처럼 햇살이 따가웠고, 작은아버지의 몸에서는 쉰내 대신 술내가 풀풀 풍겼다.

접객실로 들어서자마자 눈썰미 좋은 큰언니가 호들갑을 떨며 달려 나왔다.

"아이고, 짝은아배! 잘 오셨네. 잘 오셨어. 하모. 와야제!"

언니들이 우 몰려나와 작은아버지를 끌고 갔다. 작은아버지 몸피가 언니들 정도밖에 되어 보이지 않았다. 말라서 그렇지 키는 훌쩍하게 컸는데 키조차 쪼그라든 모양이었다. 그 여름날 작은아버지가 웅얼거리던 말이, 까맣게 잊고 있던 말이 불현듯 기억의 표면으로 솟구쳤다. 한 등에 두 짐 못 지는 법인디…… 섬진강이 보이는 내리막길에서 자전거에 올라타며 작은아버지는 분명 그렇게 혼잣말을 했었다. 그러니까 그날 작은아버지는 나를 뒤따라오며 내 등에 얹힌 두 짐을 보았던 것이다. 자기 등에도 평생 얹혀 있었을 두 짐을. 그 짐이 버거워 작은아버지는 떠나지도 못하고 살지도 못하고 술에 취해 한평생을 흘려보낸 것일까? 아버지의 살아남은 유일한 형제를 위해 나는 소주병을 꺼내들었다. 기왕 취해 보낸 일평생, 하루쯤 더 보탠들 무슨 상관이겠는가. 그것도 그 원흉이 간 자리인데.

*

　황사장은 상주가 딸 하나뿐인 집치고는 손님이 북적인
다며 제 일처럼 싱글벙글이었다. 가끔 들여다보는 황사장
은 몰랐다. 손님은 많지도 적지도 않았다. 박선생이나 상
욱씨처럼 하루에도 대여섯번 오고 또 오거나, 온 이후 계
속 자리를 지키는 손님들이 많을 뿐이었다. 아버지 손님
만 그런 게 아니었다. 내 손님들도 많지는 않았으나 온 손
님들은 오래 자리를 지켰다. 덕분에 접객실이 늘 북적북
적했다. 별 게 다 닮은 모양이었다.

　사촌들 세 테이블, 외가 한 테이블, 아버지의 옛 동료들
두 테이블, 박선생이 어미 새처럼 물어 나르는 35 동창회
와 구례 사람들, 서로 얼굴을 아는 경우도 간혹 있었지만
대체적으로는 알지 못했다. 그게 아버지가 평생 살아온
세월이었다. 35 동창들은 소학교 때부터 지금까지 평생을
함께했고, 빨치산 어른들은 청춘을 함께했다. 곡성 가톨
릭농민회, 구례 민노당원들은 감옥에서 출소한 아버지가
이 세상과 어우러지며 만든 인연이었다.

　평생 군인으로 교련 선생으로, 그리고 조선일보 애독자
로 살아온 박선생 같은 이와 빨치산 동료들은 아버지 외

의 어떤 접점도 없었다. 아니, 그 시절에 서로 총을 겨눈 사이였다. 아버지와 오래 마음을 주고받으며 지낸 사람들 사이에도 넘어설 수 없는 벽이 있었다. 우리나라의 축소판을 보는 기분이기도 했다. 다만 아버지의 지인들은 우리나라의 보수 진보와는 달리 언성을 높여 성토하는 대신 서로 아랑곳하지 않으며 자신들 방식대로 아버지를 추도하는 중이었다. 묘하게 평화로웠다. 어쩌면 죽음으로써야 비로소 가능한 평화일지도 몰랐다. 어쨌든 아버지의 장례식장은 적당히 분주하고 평화로웠다.

저녁 무렵, 작은아버지가 나를 불렀다. 내내 술을 마셨는데도 취기는 별로 느껴지지 않았다.

"장지는 워쩌기로 했냐?"

"화장해서 수목장하기로 했어요."

작은아버지가 술잔을 탁자 위에 탕 내려놓으며 언성을 높였다.

"자개 땅을 두고 화장은 무신!"

"아이고, 짝은아배. 폴세 노망 났는갑네. 땅이나 아니나 손바닥맨치나 됐는디, 야 혼사 치른다고 싹 다 폴아묵었 잖애라."

큰언니가 촉새처럼 끼어들다가 앓는 소리를 했다. 둘째

212

언니가 허벅지를 꼬집은 것이다.

"아이, 강산이 벤해도 두번은 더 벤할 세월인디 뭣이 워쩐다고 니는 입도 뻥긋을 못허게 허냐!"

되레 큰언니가 성질을 냈다. 작은언니는 오만상을 찌푸리며 큰언니를 막고 내 눈치를 보았다.

그런 일이 있었다. 아주 오래 전에. 대학 시절부터 꼬박 팔년을 만난 선배였다. 판사가 꿈이었던 그를 아버지는 아주 마음에 들어했다. 그는 방학 때마다 제 집인 듯 반내골 우리 집을 드나들었다. 숫제 법전 보따리를 싸들고 내려와 방학 내내 묵고 가기도 했다. 반내골 친척들은 그를 정서방이라 부를 정도였다.

대학을 졸업하던 날, 아버지가 나를 앉혀놓고 말했다. 큰일 헐 놈잉게 니가 놔줘라. 큰일 헐 놈이 뽈갱이 사위가 되면 그날부텀 팔다리가 묶여불 것이다. 지금꺼정은 애기들 연앵게 암말 안 했다만 우리가 넘의 인생을 망쳐서야 쓰겄냐. 자신을 빨갱이라 일컬으며 빨갱이 딸인 내가 사랑하는 남자를 큰일 하도록 놓아주라는 것이었다. 결혼 생각 같은 건 꿈에도 하지 않을 때였다. 그 무렵엔 부모와도 잘 지내고 있었는데 그 말에 다시 어깃장이 났다. 그래서 기를 쓰고 그를 만났다. 사귄 지 다섯해가 지났을 즈음

엔 아버지에 대한 오기로 그와의 관계를 지속하고 있는
건 아닌지 의심스러울 지경이었다.

그는 나 때문에 판사 임용을 포기하고 변호사가 되었
다. 그리고 사귄 지 팔년 만에 청혼했다. 처음으로 그의 집
을 방문한 날, 그는 조심스럽게 부모님 이야기는 꺼내지
않는 게 좋겠다고 당부했다. 내가 왜 이런 결혼을 해야 하
는지 의구심이 들었지만 약속대로 아무 말도 하지 않았
다. 일사천리로 결혼이 진행되었다. 상견례를 치르고 식
장을 잡고 청첩장을 돌렸다. 사달이 난 건 결혼식 전날이
었다. 그의 집에서 자고 같이 식장으로 이동하기로 한 친
구가 술김에 부모님 앞에서 이실직고를 하고 만 것이다.

그 친구가 어찌나 놀랐는지 부들부들 떨리는 목소리로
내게 전화를 했다. 밤 열두시였다. 부모냐 여자냐, 결정을
하라며 아버지가 식칼을 당신 목에 겨누고 있다는 것이
었다. 그는 말없이 울고만 있다고. 신파도 그런 신파가 없
었다. 결정은 내가 했다. 자정 넘은 시간에 전화로 이유불
문, 결혼 취소를 통보하고 다시는 그를 만나지 않았다. 억
울하지는 않았고 차라리 홀가분했다. 아버지가 옳았다.
그가 감당을 하든 안 하든 평생 그의 발목을 잡았다는 죄
책감을 안은 채 살고 싶지 않았다. 그렇게 살 필요도 없었

다. 나는 젊었고, 시절은 좋아졌으며, 나에게는 달리 살 여러 길이 놓여 있었다. 이 길이 도무지 끝나지 않는다는 작은아버지의 시절은 지나간 지 오래였다. 가뿐하게 까맣게 잊었는데, 어찌됐든 빨치산의 딸로 산다는 것은 이렇게나 파란만장했다.

위약금으로 약간의 손해를 보긴 했지만 논 몇마지기 판 돈은 고스란히 남아 내 전셋값이 되었다. 그러고 보니 빨치산 부모 덕을 본 적도 있다. 그 종잣돈이 없었다면 서울에서 방 한칸 마련하기 어려웠을 것이다.

"누가 그걸 모리가니! 내 땅이 있는디 혈육 한점 없는 짠헌 사램맹키 왜 화장을 허냔 말이다! 아까봉게 대꼬치맹키 말라가꼬 타도 않겄드마."

"와이고, 우리 짝은아배가 큰맘을 잡수셨네이. 글먼 워따 모시먼 쓰겄소? 짚어논 디가 있소?"

또 큰언니가 나섰다.

"웃대들 산소가 사방에 흩어져 있응게 맹절마동 느그들이 고상이라 진작부텀 가족묘를 맹글라고 혔다. 이리 급히 가실 중 알았으면 쪼까 서둘렀을 것인디…… 시방은 터만 다져놨는디 어른들 모시기 전에 성부텀 모실 수는 없는 노릇이고…… 일단 우리 밤밭 가상에다 묻었다가 한

두해 안에 가족묘 맹글먼 글로 모시면 안 쓰겄냐."

역시 세상은 모르는 일투성이다. 제대로 살아본 적도 없는 작은아버지가 죽을 준비를 저렇게 야무지게 하고 있는지 몰랐다.

"아가. 짝은아배가 큰맘 잡수셨응게 그리 허자이. 그래도 혈육인디 항꾼에 묻히면 안 좋겄냐?"

아버지는 혈육들과 한 자리에 오순도순 묻히고 싶을까? 반내골로 돌아와 살면서 친척들 일이라면 앞뒤 가리지 않았으니 그럴 것 같기도 하고, 뼛속까지 유물론자였으니 그러지 않을 것 같기도 했다. 아버지의 뜻은 알 길이 없고 나는…… 백운산에 모시는 편이 한결 나았다. 아버지 가고 어머니 가면 반내골 찾을 일이 몇번이나 있을까? 부모 세대가 가고 나면 사촌이라도 남남이 될 터였다. 자주 오지도 못할 길, 친척들에게 내 일을 떠맡기고 싶지 않았다.

"아버지 뜻이 그랬으니 뜻대로 해드리고 싶어요."

"느그 아배는 살아서도 혈육 등지고 동무들 찾아가등만 죽어서도 동무들이 먼첨이라냐!"

작은아버지가 버럭 소리를 지르고는 벌떡 일어났다. 혈육 등지고 찾아갔던 동지들이 무슨 일인가 하고 이쪽을 쳐다보고 있었다.

"느그 아밴게 니 맘대로 혀라. 원제는 내 성이었가니!"

나 대신 큰언니가 부리나케 작은아버지를 쫓아나갔다.

"워디 그런 뜻이겠소? 시집도 안 간 딸자석 하나뿐잉게 그 깨끔한 성질에 폐 안 끼칠라고 그랬겠지다."

시집 안 간 딸자식에게 언니 말이 비수처럼 날아와 꽂혔다. 비수가 꽂힐 때 알았다. 내가 어쩔 수 없이 아버지 자식이라는 것을. 아버지가 가족을 등지고 사회주의에 몸담았을 때, 바짓가랑이를 붙잡는 혈육을 뿌리치고 빨치산이 되었을 때, 이런 마음이겠구나. 첫걸음은 무거웠겠고, 산이 깊어질수록 걸음이 가벼웠겠구나. 아버지는 진짜 냉정한 합리주의자구나. 나는 처음으로 나와 같은 결을 가진 아버지의 마음을 온전히 이해할 수 있을 것 같았다.

*

아버지의 빨치산 동료들은 저녁을 먹자마자 잡아놓은 숙소로 향했다. 노인네들이라 하루 종일 앉아있는 것만 해도 힘에 부쳤을 터였다. 어르신들을 모시고 갔던 학수가 휘적휘적 혼자 돌아왔다.

"쉬지 뭐 하러 또 왔어?"

밤 여덟시, 서울 손님들과 노인네들이 모두 돌아간 접
객실은 오랜만에 한갓졌다. 언니들 몇은 벽에 기대 자울
자울 졸고 있었다. 언니들이라고 젊지 않았다. 오늘은 언
니들도 집에 가서 쉬라 할 참이었다.

"영감님들 다 주무시는디 나 혼차 심심허잖애. 아부지
도 보고잪고."

테이블에 홀로 앉은 학수가 웬일로 깡소주를 들이켜기
시작했다. 깡소주 한잔에 아버지 영정 한번, 학수는 아버
지 사진이 구두쇠 집 천장에 걸린 굴비라도 되는 양 안주
삼아 술을 마셨다. 도토리묵과 수육을 챙겨 그의 앞에 놓
았다. 그는 나와 아버지처럼 수육에는 젓가락도 대지 않았
다. 우리 식성과 같은가 싶어 제법 알싸하게 매운 꽈리고
추 조림을 그의 앞에 놓았다. 한젓갈 입에 넣었던 그가 벌
컥벌컥 물을 들이켰다. 매운 것 좋아하는 식성은 아닌가
보았다. 역시 남은 남이었다. 소주 한병을 순식간에 비운
그가 술기운 하나 없는 맹랑한 눈으로 나를 보며 말했다.

"아부지가 처음에는이. 나를 윤학수씨라고 불렀네. 암
만 말을 놓으시라고 해도 절대 안 놓드마."

몇년이 지난 뒤 아버지는 윤군이라고 부르기 시작했다. 저 생태탕 사건이 있기 전이었다.

"원제부텀 학수야, 했능가 아능가?"

당연히 알 리가 없었다. 나는 늘 바빴고 내 딴에는 신경을 쓴다고 썼지만 고향에 자주 내려오기 어려웠다. 학수는 그 무렵 일주일이 머다고 아버지를 찾아왔다.

"원제 한번 왔는디 아부지 이짝 볼따구에 상처가 났드만이. 무신 상처냥게 자전차 타다 자빠졌다대. 근디 암만 봐도 자빠져서 난 상처가 아니여. 꼭 맞은 상처맹키드라고."

누군가에게 맞은 게 분명하다고 확신한 학수가 분연히 자리를 떨치고 일어섰다. 은행으로 달려간 학수는 오십만원을 만원권으로 뽑았다. 그걸 이십과 삼십으로 나눠 두 개의 봉투에 담고 노인정으로 달려갔다. 그 무렵 아버지는 노인정에 자주 드나들었다. 나는 몰랐다. 삼오시계방에나 다니는 줄 알았다.

무슨 일인가 싶어 놀란 아버지도 자전거를 타고 학수를 뒤쫓았다. 기세 좋게 노인정 문을 벌컥 열고 들어간 학수는 양 허리에 턱하니 손을 짚고 소리쳤다.

"누구요!"

서넛씩 모여 앉아 십원짜리 화투를 치던 노인네들이

화들짝 놀라 학수를 주시했다. 학수는 185센티에 히말라
야 등반과 스킨스쿠버로 다져진 다부진 몸매의 소유자인
데다 한때 장군을 꿈꾸고 육사에 진학하려 했다가 보기는
커녕 들은 적도 없는 막내 작은아버지가 여순사건 때 행
방불명된 탓에 좌절되고 만, 사나이 중의 사나이였다. 구
례 바닥에서는 흔히 볼 수 없는 분기탱천한 체구에 벙 찐
노인네들이 꿀 먹은 벙어리로 학수만 바라보는 동안 자전
거로 뒤쫓아 온 아버지가 헐레벌떡 등장했다. 학수는 아
버지를 자기 앞으로 내세웠다.

"우리 아부지 이리 맹근 사람이 누구요? 존 말 헐 때 나
오씨요이! 나가 어른이고 자시고 다리몽뎅이를 열조각으
로 뿌사불랑게."

처음 보는 모습에 놀란 아버지도 말을 잃었다.

"누구냐고! 말을 허랑게."

노인들이 웅성거리기 시작했다.

"누구대?"

"아들인갑제."

"아들은 무신. 딸 하나배끼 읎단디."

"글먼 사윈가?"

"사위는 무신. 공부허다 혼기를 놓쳐가꼬 안즉도 처녀

220

라등마."

문자 그대로의 처녀는 아니지만 결혼은 안 했으니 어쨌든.

"글먼 누군디 저라?"

"숭게둔 아들인갑제. 아부지라잖애."

고시랑거리는 노인들을 노려보며 학수가 다시 소리쳤다.

"우리 아부지 이리 맹근 사램 나오란 말이요! 누구라도 갈체만 주씨요."

학수가 왼쪽 주머니에서 이십만원이 든 두툼한 봉투를 꺼내 높이 치켜들었다.

"누구든 갈체만 주면 나가 사례를 톡톡히 할라요. 누구요? 워떤 놈이 우리 아부지를 이리 맹글었소?"

그러자 누군가 번쩍 손을 들었다.

사연인즉슨 이랬다. 구례에는 읍사무소 부근에 감나무가 많이 심겨 있었다. 그걸 노인정에서 따기로 양해가 된 모양이었다. 장대가 없었는지 어쨌는지 감을 따러 나무에 올랐던 아버지가 떨어져 아스팔트에 얼굴을 찧은 것이었다. 그 말이 학수의 화를 더 돋웠다.

"씨부럴! 당신들은 손이 읎어 발이 읎어? 왜 우리 아부지가 나무를 타!"

나도 놀랐다. 아버지가 아니라 학수 때문에. 전에 몇번 만난 학수는 점잖은 사람이었다. 쌍욕을 내뱉을 수 있는 사람이라곤 생각해본 적도 없었다.

"누가 시켰가니……"

여기저기서 노인네들이 고개를 주억거렸다. 나도 안다. 아버지는 누가 시켜서 나무에 오를 사람이 아니었다. 스스로 자원했을 게 분명했다. 아버지는 누가 등쳐먹는 호구가 아니라 자원한 호구였다. 학수 또한 모르지 않을 터였다. 그럼에도 불구하고 분기탱천한 연기를 서슴지 않은 학수의 마음을, 나는 알고 있지만 표현해본 적이 없었다.

아버지가 구례에서 가장 높은 아파트 관리인이던 시절, 아침 도시락을 나른 적이 있다. 아들뻘의 남자가 아버지에게 호통을 치고 있었다. 밤 사이 누군가 제 차의 범퍼를 긁었다는 이유였다. 비싼 월급 받으며 일을 이따위로 하냐, 범인을 잡든가 당신이 돈을 물어내든가 하라고 남자는 고래고래 소리를 질렀다. 속에서 열불이 치솟았으나 나는 차마 그 현장에 끼어들지 못했다. 고개 숙인 아버지의 뒷모습을 더는 볼 수 없어 온 길을 되짚어 돌아갔을 뿐이다. 나는 왜 학수처럼 나서지 못했을까? 내 부모는 평범한 민중이 아니라 위대한 혁명가이니 범속한 일상사에 좌우되지 않을 거라 믿었던 것일까? 아니면 나에게는 그럴 만한 돈도 없고 배짱도 없어 일부러 피했던 것일까? 어쩌면 그 정도 세상사를 안다고 생각했지만 사실은 제대로 알지 못했는지도……

그날 학수는 높이 치켜들었던 이십만원을 노인정에 쾌척했다. 그리고 더 두툼한 봉투를 사람들 보는 앞에서 아버지 주머니에 찔러 넣으며 말했다.

"아부지. 먼 일 있으면 밤이고 새복이고 전화허씨요. 나가 만사 제끼고 부리나케 달레와서 싹 다 아작을 내불랑게!"

아버지는 평소처럼 무표정한 얼굴로 고개를 몇번이나 주억거렸다. 자전거를 끌고 돌아오는 길에 아버지가 말했다.

"학수야."

아버지에게 처음 이름으로 불린 학수는 아이처럼 신이 났다. 아버지 만난 지 십년이 지난 때였다.

"밥 묵으러 가자."

아버지는 평소와 달리 집으로 학수를 데려갔다. 여러번 같이 밥을 먹었지만 그때까지 집에서 밥을 먹인 적은 없었다. 척추협착증이 심한 데다 손님 하나 오면 접시까지 접대용으로 싹 다 새로 꺼내지 않으면 직성이 안 풀리는 어머니를 배려한 까닭이었다. 그날 아버지는 학수에게도 소주를 한 컵 가득 따라 권했다.

"아부지가 집에서 술 잡숫는 거슬 그날 첨 봤그마. 참말로 좋아허시대이."

아버지는 어떤 자식을 원한다 표현한 적이 없었고 내게 서운하다거나 모자라다거나 하는 말도 한 적이 없었다. 그렇지만 그날 아버지는 행복했을 것 같았다. 불학무식한 방법이긴 하지만 무식이고 나발이고, 내 뒤에 이렇게 듬직한 자식이 있다, 그걸 모두의 앞에서 입증한 셈이니 어느 아버지인들 행복하지 않았으랴.

학수는 노련한 사람이다. 아버지처럼 컵에 술을 따라 들이켜는 학수를 보며 그런 생각이 들었다. 학수는 지금 옛 추억을 상기하는 척, 저 혼자 잘난 나에게 엿을 먹이고 있는 것이다. 너는 대체 어떤 딸이었냐고.

어떤 딸인지, 어떤 딸이어야 하는지, 생각해보지 않았다. 누구의 딸인지가 중요했을 뿐이다. 빨치산의 딸이라는 수렁에서 빠져나오기 위해 발버둥치는 데 나는 평생을 바쳤다. 아직도 허우적거리는 중이다. 빨치산의 딸이라는 말에는 '빨치산'이 부모라는 전제가 존재한다. 그 부모에게도 마땅히, 자식이 부모에게 기대하는 것이 있듯 자식에 대한 기대가 있었을 것이다. 그런 생각을 해보지도 못했을 만큼 빨치산의 딸이라는 굴레가 무거웠다고, 나는 변명이라도 하고 싶었다. 그러나 그 변명을 들을 아버지는 이미 갔고 나에게는 변명의 기회조차 사라졌다. 그 사실이 뼈아파 나는 처음으로 소리 내 울었다. 아버지를 위한 울음이 아니라 나를 위한 울음이었다. 아버지 가는 길에까지 나는 고작 그 정도의 딸인 것이다. 그런 나를, 생판 남인 주제에 친자식보다 더 자식 같았던 학수가 아버지처럼 무심한 눈으로, 냉정한 눈으로 바라보고 있었다.

*

밤이 깊었다. 장례식장에는 나와 아버지뿐이다. 같이 있어주겠다는 사람들이 여럿 있었지만 다 돌려보냈다. 마지막까지 남았던 학수도 괜찮겠능가, 조금 다정해진 눈빛으로 묻고는 고개를 끄덕이자 돌아섰다. 인구 이만칠천의 구례에는 죽는 사람도 많지 않아 오늘 이 장례식장의 손님은 아버지 하나였다. 그러니 이 장례식장에는 냉동고에 있는 아버지와 나, 정말로 둘뿐인 것이다. 아버지가 감옥에서 돌아온 뒤로 처음이었다. 무섭지는 않았다.

아버지가 감옥에서 나온 것은 1979년 8월 15일, 어머니와 나는 그날 새벽부터 광주교도소 앞에서 아버지를 기다렸다. 아침 일찍 나온다던 아버지는 플라타너스 그림자가 손바닥만 해지도록 나타나지 않았다. 우리 가족과 비슷한, 어쩌면 조금 다른, 말 못할 사연을 가진 사람들이 눈물을 훔치며 하나둘 사라지고 정문 앞에는 어머니와 나뿐이었다. 목도 마르고 배도 고팠다. 어머니는 몇시간째 꼿꼿한 자세로 버티고 있었다. 어디 가서 밥이나 먹고 오자는 말을 하려는 찰나, 육중한 철문이 으스스한 소리를 내며 열렸다. 머리를 빡빡 민, 누가 봐도 죄수 같은, 눈빛만 형형한 한 남자가 천천히 내 앞으로 다가와 섰다. 나는 시선을 피했다. 지금 생각하면 고작 6년이었다. 그러나 그사이 국민학교 사학년이던 나는 가슴이 봉긋해져서 브래지어를 하고 생리를 시작한 여학생이 되어 있었다. 내 앞에 선 아버지가 처음 본 남자처럼 낯설었다. 아버지는 나를 와락 끌어안았다. 나는 허수아비처럼 아버지에게 몸을 맡긴 채 더워죽겠다, 배고프다, 목마르다, 뭐 그런 생각들로 민망함을 덜어냈다. 그때 아버지는 느꼈을 것이다. 아버지와 나와의 거리가 아득해졌다는 걸.

그날 우리 가족은 구례로 와서 친지들과 자장면을 먹고, 누구 생각이었는지 사진관에 가서 고상욱 출소 기념이라는 큰 글자가 박힌 사진을 찍었다. 아버지 옆에 선 나는 그 순간이 못 견디게 어색해서 퉁퉁 부은 얼굴로 허공을 바라보았다. 물론 아버지는 그때도 어디를 보는지 알 수 없는 사시로 어딘가를 응시하고 있었다.

다음 날, 어머니는 김밥을 싸고 참외 몇개와 포도를 챙겼다. 우리가 찾은 곳은 연곡사 앞 계곡이었다. 왜 하필 그곳을 찾았는지는 모른다. 아버지는 예전처럼 훌렁훌렁 옷을 벗고 팬티 차림으로 얼음장 같은 계곡으로 뛰어들었고, 나는 민망하여 반대쪽으로 돌아앉아 하염없이 흘러가는 물을 쳐다보았다. 우리 가족 최초이자 마지막 여행이었다. 처음인 것은 그렇다 쳐도 마지막이 된 것은 아마 그날의 숨 막히는 어색함 탓이지 않았을까 싶다.

아버지가 출소하고 며칠간 우리는 단 한마디도 나누지 않았다. 그렇다는 걸 의식조차 하지 못했다. 원래 아버지는 누구나와 무람없이 말을 잘 나누고 주제만 주어지면 몇시간이고 대화하길 좋아하는 사람이었다. 나와도 예전

에는 그랬다. 나만 어색한 게 아니라 아버지도 훌쩍 커버
린 딸이 어렵고 낯설었던 것이다. 무슨 말을 어떻게 꺼내
야 할지 알 수 없었던 것이다.

아버지와 딸이 빼앗긴 6년은 영원히 회복되지 않았다.
일상이 점차 회복되긴 했다. 그러나 아버지가 죽을 때까
지 감옥에 가기 전과 같은 친밀함은 끝내 회복할 수 없었
다. 나는 늘 그 이전의 날들이 사무치게 그리웠다. 아버지
가 나를 태우고 미친 듯이 페달을 밟던 어느 가을날이. 지
각인 줄 알고 엉엉 울며 뛰어 들어간 교실에는 가을 오후
의 햇살만 고요히 가라앉아 있었다. 낮잠에서 깨어난 나
를 다음 날 아침이라고 윈껏 곯린 아버지는 잔뜩 뿔이 난
내 손에 햇살처럼 고운 홍옥 한알을 건네주었다. 이가 시
리도록 새콤한 홍옥을 베어 물며 돌아오던 신작로에는 키
큰 코스모스가 가을바람에 산들거렸다.

또 그리운 어떤 날, 장에 간 어머니를 대신해 아버지가
아궁이에 불을 지폈다. 어머니는 쌀이 아까워 누룽지를
두툼하게 눌리지 않았다. 아버지는 오래도록 약하게 불을
때 누룽지를 두툼하게 눌렀다. 아버지가 공처럼 말아 내
손에 쥐여준 누룽지는 내 얼굴만큼 컸다. 어머니 밥을 아
랫목에 묻어둔 아버지는 나를 번쩍 들어 올려 무등 태웠

다. 아버지 무등을 타고 어머니 마중 나가는 길, 때로는 함
박눈이 쏟아지기도 하고 때로는 반딧불이 총총하기도 했
다. 아버지와 둘이 있는 시간이 하도 재밌어 나는 어머니
가 늦게 왔으면, 이제 막 토금리 갈림길에 접어들었으면
싶었다.

내 바람대로 어머니가 유독 늦은 날이 있었다. 우리는
토금리 갈림길 너머까지 마중을 나갔다. 한시간 남짓한
길이었지만 아버지는 한번도 내 발이 땅을 딛게 하지 않
았다. 갈림길을 지나 조금 더 걸었더니 갑자기 환한 불빛
이 우리를 맞았다.

"쩌개가 어딘 중 아냐?"

당연히 몰랐다. 대낮같이 환한 밤은 처음이었다.

"쩌개가 응암동이여, 응암동."

응암동은 내가 좋아하는 막내 외삼촌이 사는 곳이었다.
나는 아버지 어깨 위에서 신이 나 엉덩이를 들썩거렸다.

"워디? 워딘디?"

"쩌어개. 오른짝에 젤로 환한 불 보이지야? 거그가 삼
촌 집이여. 봐봐라. 삼촌이 시방 이마빡에 희컨 수건 싸매
고 공부하고 있잖애?"

눈을 비비고 아무리 봐도 수건 두르고 공부하는 삼촌

은 보이지 않았다. 새빨간 거짓말인 줄은 상상도 못한 채 나는 눈을 가느스름하게도 떴다가 왕방울만 하게도 떴다가 삼촌을 보려고 기를 썼다.

"우리 아리도 삼춘맹키 열심히 공부혀서 서울대 갈 거제?"

"이!"

가느스름 뜬 눈 사이로 불빛을 등진 채 커다란 보따리를 머리에 인 어머니가 나타났다. 짐이 어찌나 무거운지 어머니 걸음이 비틀거렸다. 아버지는 나를 얼른 내려놓고는 어머니를 향해 달려갔다. 나를 버리고 어머니에게 달려간 아버지가 서운해서 나는 목청 놓아 울었다. 목에 걸린 누룽지를 뱉어내며 쉽게도 울었다. 어머니가 등을 내밀어도 고개를 절레절레, 결국 한 손에 어머니 짐을 받아든 아버지가 나를 등에 업었다. 그제야 나는 울음을 그쳤다. 걸을 때마다 흔들리는 등을 자장가 삼아 나는 까무룩 잠들었다. 한 손으로 받치기 힘들었는지 아버지가 내 엉덩이를 치켜올리는 통에 잠시 잠에서 깼다.

"딴 집 애기들은 엄마가 젤 좋다는디 우리 아리는 당신이 최곤갑소이."

"하모. 우리 아리한테는 나가 젤이제. 당신보담 나가 젤이여."

"아이고 좋겄소. 당신이 일등이라."

"왜 나가 일등인 중 안가?"

"당신이 만날 놀아중게 글지다."

"아니여. 나가 맹근 누룽지가 자네 것보담 시배는 크거든. 우리 아리가 누룽지라먼 환장을 허잖애."

아닌디, 누룽지 안 줘도 아빠가 최곤디, 잠결에 중얼거렸고 아버지는 하하, 밤하늘이 시끌적하게 웃어젖혔다.

사무치게,라는 표현은 내게는 과하다. 감옥에 갇힌 아버지야말로 긴긴밤마다 그런 시간들이 사무치게 그리웠으리라. 그 당연한 사실을 나는, 아버지의 장례식장에서야 겨우 깨닫는 못난 딸인 것이다. 아빠, 나는 들을 리 없는, 유물론자답게 마음 한줌 남기지 않고 사라져, 그저 빛의 장난에 불과한 영정을 향해 소리 내 불렀다. 당연히 대답도 어떤 파장 따위도 느껴지지 않았다. 그런데 이상도 하지. 영정 속 아버지가, 이틀 내 봤던, 아까도 봤던 영정 속 아버지가 전과 달리 그립던 어떤 날들처럼 친밀하게 느껴졌다. 죽음으로 비로소 아버지는 빨치산이 아니라 나의 아버지로, 친밀했던 어린 날의 아버지로 부활한 듯했다. 죽음은 그러니까, 끝은 아니구나, 나는 생각했다. 삶은

죽음을 통해 누군가의 기억 속에 부활하는 거라고. 그러
니까 화해나 용서 또한 가능할지도 모르는 일이었다.

밤은 깊어가고 정신은 더욱 맑아졌다. 마음은…… 그
어느 때보다 흔들림 없이 고요했다. 나는 냉정한 합리주
의자 아버지의 딸이니까. 이제 곧 아버지 이승에서의 마
지막 날이 밝을 테니까.

*

동 트기 직전, 강 건너 지리산은 검푸른 어둠에 잠겨 있
었다. 차 한대 지나지 않는 아스팔트 길도 검푸르렀다. 그
길 어디쯤에서 울음 같기도 노래 같기도 한 소리가 들렸
다. 화장실을 다녀오는 길이었다. 소리를 향해 걸었다. 장
례식장 사무실 뒤편으로 다가가자 소리의 정체가 분명해
졌다. 나를 부른 소리는 노래였다.

넓고 넓은 바닷가에 오막살이 집 한채
고기 잡는 아버지와 철모르는 딸 있네

쭈그려 앉은 두 여자가 어깨를 기댄 채 '클레멘타인'을 울음인 양 읊조리고 있었다. 클레멘타인은 내가 처음 배운 노래였다. 음치였던 아버지에게. 국민학교에 입학한 첫 음악 시간, 선생이 부르라기에 자랑스럽게 불렀다가 아이들의 웃음을 샀다. 나는 클레멘타인을 아버지의 무등을 타고 어머니 밤 마중을 가면서 배웠다. 나중에 원곡의 슬픈 사연을 들었다. 골드러시 때, 금광을 찾으려고 딸과 함께 대륙을 횡단한 사내는 캘리포니아 협곡에 정착했다. 사내는 딸의 행복을 위해 열심히 금을 캤다. 그러던 어느 날 딸인 클레멘타인이 계곡으로 떨어져 거친 강물에 휩쓸리고 말았다. 그렇게 사라진 딸을 아버지가 애달프게 찾는 노래 클레멘타인. 두 여자는 일곱살의 나와 똑같이 틀린 음으로 클레멘타인을 부르고 있었다.

내 사랑아 내 사랑아 나의 사랑 클레멘타인
늙은 애비 홀로 두고 영영 어디 갔느냐

노래와 달리 떠난 것은 아버지였지만 볼 수 없는 것은 마찬가지, 밤마다 창살 안을 서성이며 클레멘타인을 부르는 아버지의 모습이 보이는 듯했다. 아버지는 왜 하필

하고많은 노래 중에 클레멘타인을 제일 처음 알려주었을까? 병보석으로 잠시 나온 것이니 이별을 예감해서였는지도 모른다.

내 기척을 느꼈는지 노래가 툭 끊겼다. 한 여자가 일어나 내게로 다가왔다. 노랗게 염색한 머리가 먼저 눈에 띄었다. 그러고 보니 내 전화번호만 알려주고는 아이의 이름도 묻지 않았다.

"이 시간에 무슨 일로……"

아이가 함께 앉아 있던 여자를 향해 엄마, 하고 불렀다. 아버지가 미국을 이긴 위대한 민족의 후손이라고 했던 베트남 여인인 모양이었다.

"엄마가 한갓질 때 할배헌티 인사하고 싶대서 왔는디 불이 다 꺼졌길래 지달리는 중이었그마요."

아버지의 오지랖은 구례 어디까지 펼쳐진 것일까? 씨도둑은 못한다더니, 비식 웃음이 나왔다.

"조문하러 왔으면 문을 두드리지 그랬어? 안 자고 있었는데. 피곤할까봐 다들 자고 오랬어. 들어가자."

아이와 엄마가 손을 잡고 조문실로 들어섰다. 꺼두었던 스위치를 다 올렸다. 환한 조명 속에 아버지 얼굴이 살아났다. 미국과 싸워 지고 반역자가 된 아버지의 장례식장에 미국과 싸워 이긴 베트남 여인이 찾아왔다. 아버지가 반색을 할 듯도 싶었다.

갑자기 밝아진 불빛에 화들짝 놀란 여자가 푹 고개를 숙였다. 절을 하고 일어선 여자의 오른쪽 뺨과 목덜미에 오래 되지 않은 손자국이 선명했다. 몇몇 이주민 여성들의 불행한 가정사가 이 여인에게도 예외는 아닌 모양이었다. 전세계에서 유일하게 미국을 이긴 위대한 민족의 서글픈 현주소였다.

"언니, 밥 좀 줄 수 있대요?"

아이가 대뜸 물었다. 여자가 슬몃 아이의 소맷자락을 잡아끌었다.

"뭐? 워쩌자고? 시방 가서 더 맞고자파?"

아이가 제 엄마한테 쏘아붙이고는 가까운 테이블에 털썩 주저앉았다. 그러고는 제 집인 양 소주병을 꺼내왔다. 여자가 울상을 하고는 소주병을 빼앗으려 했다.

"누가 나 마신대! 엄마 마시라고! 술이라도 묵어야 화가 가라앉제. 속에 열불이 날 때는 술이 약이라 했잖애, 할배가."

노인네 말투다 싶었더니 아버지한테 배운 말인가보았다. 아이가 소주를 콸콸 따라서는 제 엄마 앞에 탁 내려놓

왔다. 나는 재빨리 밥과 육개장부터 테이블에 가져다줬
다. 보아하니 저녁도 못 먹은 듯했다. 제 엄마가 한숨을 쉬
며 술잔을 잡자 아이가 조심스럽게 빼앗고는 그 손에 숟
가락을 쥐여주었다.

"속부텀 달래야제."

여자가 밥을 육개장에 말아 몇술 뜨는 사이 찬을 놓았
다. 여자가 꾸벅 고개를 숙였다. 위대한 민족의 후손답게
예의가 발랐다. 동도 트지 않은 새벽 상갓집에 와 밥을 찾
는 모녀의 사정이 궁금하기도 하였으나 초면이라 묻기가
어려웠다. 아버지는 사정을 알았을 테고, 그러니 죽은 아
버지를 믿고 어렵사리 용기를 냈을 테지, 정도만 생각하
기로 했다. 클레멘타인을 누구에게 배운 건지도 묻고 싶
었으나 묻지 않기로 했다. 낯선 이의 사정까지 헤아리기
에는 첫새벽이 너무 가까웠다. 그리고 오늘은 할 일이 너
무 많았다.

술을 몇잔 들이켜고 나자 핏기 없던 여자의 얼굴에 화
색이 돌았다. 핏기가 돌자 선명했던 손자국도 조금은 희
미해졌다. 굳게 닫혀 있던 입도 열렸다.

"죄송해요. 초면에……"

여자의 한국어는 유창한 데다 표준어였다. 눈치 빠른

아이가 재빨리 덧붙였다.

"울 엄마, 대학에서 한국어 전공한 인텔리여요. 나랑은 다르당게요."

인텔리라는 말도 어쩐지 아버지에게서 배웠을 성싶었다.

"너도 검정고시 봐서 대학 가면 되지."

여자가 아이의 푸석푸석한 노란 머리카락을 다정하게 쓰다듬으며 말했다.

"늘 이런 일이 있는 건 아닌데…… 본래는 좋은 사람인데…… 본의 아니게 폐를 끼치네요."

"좋은 사램은 무신! 맨날 때리면 죽일 놈이고 일년에 한번 때리면 좋은 놈이대? 할배가 그랬잖애. 여자헌티 손대는 놈은 무조건 나쁜 놈이라고!"

아이에게는 내 아버지 말이 자본론이거나 성경인 모양이었다.

"누구한테나 어쩔 수 없는 사정이란 게 있는 거야. 아빠너무 미워하지 마."

살아 돌아온 아버지가 말하는 줄 착각할 뻔했다.

"할배나 엄마나 입만 열면 그놈의 사정! 에에에!"

아이가 제 귀를 연신 두드리며 안 듣겠다는 시늉을 했

다. 그 또한 아버지 앞에서 내가 간혹 하던 행동이었다. 아이처럼 귀엽게 귀를 두드리지는 않았지만. 아버지 말에 토를 다는 걸 보니 헤어나지 못할 추종자는 아닌 듯했다. 다행이었다. 가고 없는 아버지를 벗어나기가 조금은 가벼울 테니.

소주를 반병쯤 비운 여자는 고된 하루를 보냈는지 벽에 기대 꾸벅꾸벅 졸기 시작했다. 아이가 제 겉옷을 벗어 덮어주었다.

"언니. 쪼깨만 쉬다 가께요. 쪼깨 있으면 그 인간 술에 취해 잘 것잉마요. 그때게 살금살금 들어가면 쓱게."

"상주 휴게실 비어 있는데 거기 가서 엄마랑 편히 잘래?"

아이가 고개를 저었다.

"쫌 있으면 가게 문 열어야 됭게 오래 못 자요. 코앞에 편의점이 생겨가꼬 우리도 새복부텀 문을 열어놔야 단골을 안 뺏깅게요."

"가게는 할머니가 하는 거 아니야?"

"교통사고 나가꼬 엉덩이뼈가 뿌솨졌그마요. 폴세 석 달이나 됐는디 안즉도 벵원에 있어라. 할매 대신 엄마가 가게 보는디 그 인간이 초저녁부텀 할매 보상금 통장 내노라고 쌩난리를 쳤구마요. 못 받을 뻔한 거 할배가 사방에 연락해가꼬 제우제우 받아준 귀한 돈인디…… 할매가 나 미장원 차릴 적에 보태줄 돈잉게 워떤 인간이든 손만 대면 손모가지를 뿌사뿐다고 그랬는디……"

손해사정인인 학수도 그 귀한 보상금에 크게 일조했을 터였다. 세상은 이렇게나 좁고, 돌고 돌아 만난다. 학수는 아이 얼굴을 보고서도 자기가 도움을 준 할머니 핏줄이라고는 상상도 하지 못했을 것이다. 아버지가 이 작은 세상에 만들어놓은 촘촘한 그물망이 실재하는 양 눈앞에 생생하게 살아났다.

"나는요이. 할매랑 엄마랑 나랑, 서이만 살았으면 좋겠어요. 글면 참말 좋을 것인디…… 할배가 있으면 더 좋을 것인디…… 할배가 없다는 것이 나는 시방도 안 믿어져라."

아이가 주먹으로 슥 소리 없는 눈물을 훔쳤다. 몇번 더 눈물을 훔친 아이가 제 엄마 어깨에 노란 머리를 기대고는 이내 깊은 잠에 빠져들었다. 나는 상주 휴게실의 얇은 이불을 가져다 덮어주고는 벽과 어깨 사이로 이불 끝을 야무지게 끼워 넣었다. 몸을 움직여도 흘러내리지 않도록. 이 두 사람은 누구보다 아버지의 죽음을 안타까워하는 귀한 조문객이니까.

하얀 이불에 싸인 두 사람이 어릴 때 본 하얀 누에고치 같았다. 여명이 깊은 어둠을 서서히 밀어내는 새벽이었다.

*

열한시 예약 시간에 맞춰 도착했는데 아버지의 화장 순서는 열두시가 넘도록 오지 않았다. 전광판에 걸린 사망자의 이름이 바뀌기를 눈이 빠지도록 쳐다보다 사무실로 찾아갔다. 미안하다고 말하는 직원의 얼굴에 미안한 기색은 조금도 비치지 않았다.

"이상하지라? 워떤 날은 손님이 미어터지고 워떤 날은 공을 친당게요. 저승도 혼자 가기 싫어서 긍가 워쩡가. 꼭 항꾼에 갈라고 약속이나 헌 것맹키 한날에 몰아닥친단 말이요. 긍게 오늘 가시는 질이 외롭지는 않겄구나, 또닥임시로 쪼까 더 지둘리씨요. 암만 다그쳐도 소용없응게요. 첫 타자가 늦어가꼬 줄줄이 늦어분 것을 워쩌겄소? 태우다 말 수도 없는 노릇이고."

장례식장이나 화장장이나 손님이 곧 사망자, 쓸쓸한 직업이라고 해야 할까, 좋은 직업이라고 해야 할까. 직원의 말이 옳았다. 다그쳐봐야 무슨 소용이겠는가.

나는 화장장 뒤쪽에 숨어 담배를 피우고 있던 제자들을 찾아냈다. 대학교 일학년 때부터 내 앞에서 당당히 담배를 태우는 것은 물론, 슬리퍼 직직 끌고 성큼성큼 다가와 불 좀 빌립시다, 하던 녀석들이었다. 녀석들과 만난 게 벌써 십오년 전, 숨어 담배 피울 나이는 아니었다.

"스무살 때도 당당하게 피우던 놈들이 웬 예의를 차리고 있어?"

한 녀석이 가운뎃손가락으로 담배를 튕겨 끄며 피식 웃었다.

"어지간히 늙으셨어야지들."

다른 녀석이 친구들의 꽁초를 받아 빈 담뱃갑에 넣으며 말했다.

"그러게. 나는 무슨 유물관에 온 줄. 들었냐? 선생님보고 애기라잖아, 애기. 선생님이 애기면 야, 우리는 정자다 정자."

아이들이 키들키들 숨죽여 웃었다. 이것이 녀석들 방식의 위로였다. 한 녀석이 냉큼 담배 한개비를 내밀었다.

부모에게 담배를 들킨 것은 대학 졸업반 때였다. 그해 여름, 나는 반내골에 틀어박혀 마지막이라는 각오로 신춘

문예를 준비했다. 나름 넉넉히 준비해 간 담배가 동이 났고, 반내골에는 가게 따위 없었다. 담배 하나 사자고 땡볕에 걸어 나갈 엄두가 나지 않았다. 이참에 끊어볼 작정으로 정 담배 생각이 나면 아버지 청자를 몰래 한개비씩 훔쳤다. 문도 없는 우리 집 뒤꼍의 화장실은 몰래 담배 태우기에 적격이었다. 시골 화장실 특유의 냄새가 담배 냄새를 가려주기도 했거니와 뻥 뚫린 양 벽면의 유리창 없는 빈 공간으로 산골의 바람이 몰아쳐 환기가 기가 막혔다. 다가오는 발소리가 들리면 큼큼, 헛기침이나 두어번 하면 그만이었다.

어느 날 어머니가 정색을 하고 물었다.

"너, 담배 태우냐?"

뜬금없이 그렇게 묻는다는 건 뭔가 결정적인 증거를 발견했다는 의미였다. 대꾸를 않자 어머니가 먼저 패를 깠다.

"아부지가 벤소 푸다가 꽁초를 봤단다."

아차. 나의 판단 착오였다. 서울살이 몇년 만에 시골서는 아직도 인분을 거름으로 쓴다는 걸 깜빡한 것이다. 거름으로 쓸 인분에 온갖 화학물질이 든 담배꽁초를 버릴 리가 없었다.

"돈 베리고 몸 베리고, 천하에 씰모라고는 읎는 것을 멀라고 허까이. 존 일로 끊어라이."

알았다고 했으나 끊지는 못했다. 한두해 뒤, 무슨 드라마를 같이 보던 어머니가 담배 태우는 여성 연기자를 보더니 쯧쯧 혀를 찼다.

"아이고, 뉘집 딸내민고. 가시내가 담배를 다 태우네이."

나는 옆에서 피식 웃었다. 그러니까 어머니가 나에게 건강 운운했던 것은 여자가 어디, 이런 말을 했다가는 당장 아버지와 나로부터 비난이 쏟아질 것을 예상한 위선이었던 것이다. 드라마 따위 개나 주라지, 뉴스 외에 본 적 없는 아버지가 이번에도 신문을 보다 끼어들었다.

"뉘 집 딸은 뉘 집 딸이여. 자네 딸이제."

어머니는 누가 들을세라 사방을 살피고는 나지막하지만 단호하게 말했다.

"야는 진작에 끊었어라. 아니, 끊기는 멋을 끊어. 호기심에 한번 태워본 것이제 야가 무신 담배를 태운다고 그려요? 누가 들을까 무섭소."

어머니가 몇번이고 부정했으나 아버지는 콧방귀만 뀌었다. 애연가였으니 끊기 어려운 속내를 알았겠지. 어머니가 당신 딸은 절대 담배 태우고 그런 애가 아니라고 계속

항변하자 참다못한 아버지가 엄숙하게 종지부를 찍었다.

"넘의 딸이 담배 피우면 못된 년이고, 내 딸이 담배 피우면 호기심이여? 그거이 바로 소시민성의 본질이네! 소시민성 하나 극복 못헌 사램이 무신 헥멩을 하겄다는 것이여!"

그때 어머니 나이 환갑을 넘었다. 환갑 넘은 빨갱이들이 자본주의 남한에서 무슨 혁명을 하겠다고 극복 운운하는 것인지, 이것이야말로 진정한 블랙 코미디다, 그런 생각을 하며 나는 자리를 떴다. 담배 생각이 간절했다. 오직 담배를 태우기 위해 나는 동네 사람이 절대 다니지 않을 산중턱까지 올랐다. 담배 세 대를 연달아 태우는 동안 바라본 우리 집은 성냥갑 같았다. 성냥갑 같은 집에서 성냥에 묻은 인보다 작게 보일 어머니가 소시민을 탈피하지 못한 자신의 과오를 자기비판하고 있을 터였다. 우습고 쓸쓸한 상상이었다.

어머니는 지금도 나만 보면 담배 끊으라고 닦달이지만 아버지는 한번도 담배 운운한 적이 없었다. 언젠가는 베란다에서 담배를 태우고 있는데 아버지가 불쑥 들어왔다.

"담배 한까치 도라."

아버지는 내가 건넨 담배에 불을 붙였고 나는 뒤로 숨

겼던 담배를 꺼내 나란히 지리산을 바라보며 담배를 태웠다. 아버지와 그날 함께 태운 담배가 담배 경력을 통틀어 가장 맛났다. 돌이켜보니 아버지는 가부장제를 극복한, 소시민성을 극복한, 진정한 혁명가였다. 영혼이라는게 있어 설령 이 장면을 목격한다 해도 아버지는 담배 한까치 도라, 그럴 것이다. 나는 담배 한개비를 더 청해 불을 붙인 뒤 바위 위에 올려놓았다. 담배가 저 혼자 타들어갔다. 저 연기가 아버지에게 닿기를……

"아무래도 늦어질 것 같네. 노인네들이라 밥 때 지나면 힘드니까 도시락 좀 너희들이 나눠줄래?"

역시 젊은것들의 동작은 빠르고 경쾌했다. 사십명 남짓한 일행이 순식간에 도시락과 물과 과일을 받았다. 떡집 언니 말 듣기를 잘했다. 노제를 지내고 막 떠나려는 참인데 떡집 언니가 나를 찾았다.

"젊은 친구들 한 서이만 불러주소. 요거 쪼깨 옮겨야 쓰겄네."

물을 것도 없이 외양만 봐도 도시락이었다.

"시간이 워찌 될랑가 모릉게 간단히 준비했그마. 늦어지는 일도 흔한갑대. 화장허다 말고 밥 사묵으러 가기도 거시기헝게."

겨우 아홉시, 대체 언제부터 사십명분의 도시락을 준비한 것일까. 아침 먹는 동안 주방에도 몇번 갔는데 눈치조차 채지 못했다. 무심한 내 눈에는 보이지 않았던 것인지도. 언니가 큰 보온병을 건넸다.

"이거는 누구헌티 따로 챙기라 허소. 아짐이 찬 음식 못 잡숭게 따땃이 잡수라고 깨죽 쪼까 쌌네. 넉넉히 담았응게 혹 밥 못 잡숫는 어르신 있으면 같이 잡수라 허소이."

어디선가 나타난 황사장이 보온병을 건네받았다. 그러고는 사흘 내내 자리를 지킨 내 제자에게 전달했다. 오가는 사람들을 유심히 보고 있던 모양이었다.

제자들이 점심도시락을 나르는 사이 나는 사무실로 갔다. 마지막 계산을 해야 했다. 황사장이 건넨 계산서에는 소주 값이 빠져 있었다.

"나가 소주 값도 못 대겄는가? 명색이 사장인디."

장지까지 따라가지 못해 미안하다며 황사장은 화장장과 장지에서 제 지낼 때 필요한 소주까지 넉넉하게 챙겨주었다. 처음 만난 사람의 호의가 낯설기도 고맙기도 했다.

다들 식사를 마칠 즈음 아버지 이름이 전광판에 떴다. 영정을 모시고 화로 관망실로 갔다. 아버지의 시신이 화로로 옮겨지고 마지막 제를 지냈다. 내 뒤에서 학수가 아들이거나 사위인 듯 절을 올렸다. 나의 무엇쯤으로 오해하는 사람도 있을 테지만 상관없었다. 학수는 나보다 더 훌륭한, 아버지의 아들이었다.

어머니와 나는 관망실에 앉아 아버지가 불태워지고 있을 화로를 지켜보았다. 먼지가 인간의 시원이라 믿었던 아버지가 지금 먼지로 돌아가는 중이었다. 어머니가 내 손을 꼭 쥐었다. 그러고는 내 귀에 속삭였다.

"아이, 좀 대줄 것을 그랬어야."

한참 만에야 대준다는 의미를 이해했다. 남사스러운 말을 뱉어놓고 어머니는 태연하게 눈물을 훔쳤다.

"나가 노상 아팠잖애. 내 몸 한나도 워치케 못하겠는디 자꼬 건드려싼게, 나가 하로는 그랬어야. 차라리 딴 디 가서 허고 오씨요."

아버지는 벽력같이 화를 내며 벌떡 일어났다.

"참말로 가?"

"가랑게요."

아버지는 깊은 밤중, 씩씩거리며 문을 쾅 닫고 어둠 속으로 사라졌다. 그 소리에 내가 깨 자지러지게 울었단다.

"오랜만에 달게 잤어야. 안 건드링게 그리 펜헐 수가 없드란 말다."

"아빠는? 진짜 딴 데 갔대?"

"통금 있던 시절인디 벵보석으로 나온 냥반이 그 밤중에 워디 갈 수나 있간디?"

아버지는 바로 아래 큰집에서 그때는 살아 있던 큰아버지와 밤새 술을 마셨다. 날이 훤히 밝아서야 돌아온 아버지는 어머니를 노려보며 근엄하게 외쳤다.

"또 한번 그런 소리 해보소. 참말로 가불랑게!"

"그때는 그 말도 서운허드라. 아파죽는 나 생각은 안 해주는가 싶응게. 무신 핵맹가 고것 하나 못 참는가 싶고이. 남자들은 그거이 고로코롬 조으까? 그래도 후제로는 나가 아프다면 소주 한 컵 묵고는 자불드라. 긍게 나가 살았제. 안 그랬으먼 내 멩에 못 죽었을랑가도 몰라야."

평소라면 깔깔거렸을 터이나 아버지가 불타고 있는 상황에서 웃을 수도 없는 노릇, 나는 입술을 앙다물며 웃음을 참았다.

"아무리 그래도 화장하는데 할 말은 아니지 않아?"

자기가 생각해도 우스운지 어머니가 입꼬리를 올리며 비식 웃었다. 눈에는 눈물이 그렁그렁한 채로.

"긍게이. 이상허지야. 여개 앉아 있응게 자꼬 그날 생각이 나야. 쫌 대줄 것을…… 나 아픈 중 빤히 아는 사램이 자개도 오죽허면 그랬을랑가 싶고야……"

오십년 가까이 살아온 어머니도 아버지의 사정을, 남자의 사정을, 이제야 이해하는 중인 모양이었다. 나 또한 그러했다. 아버지는 혁명가였고 빨치산의 동지였지만 그전에 자식이고 형제였으며, 남자이고 연인이었다. 그리고 어머니의 남편이고 나의 아버지였으며, 친구이고 이웃이었다. 천수관음보살만 팔이 천개인 것이 아니다. 사람에게도 천개의 얼굴이 있다. 나는 아버지의 몇개의 얼굴을 보았을까? 내 평생 알아온 얼굴보다 장례식장에서 알게 된 얼굴이 더 많은 것도 같았다. 하자고 졸랐다는 아버지의 젊은 어느 날 밤이 더이상 웃기지 않았다. 그런 남자가 내 아버지였다. 누구나의 아버지가 그러할 터이듯. 그저 내가 몰랐을 뿐이다.

마침내 재가 된 아버지가 유골함에 담겨 나왔다. 아버지는 아직 따스했다. 누구의 차를 타고 왔는지 뒤늦게 나타난 작은아버지가 앙상한 팔을 내밀었다. 그 팔에 아버지를 안겨주었다. 아버지의 온기가 작은아버지의 팔을 타고 핏줄을 데울 터였다. 작은아버지가 풀썩 주저앉으며 아버지의 유골을 끌어안고 통곡하기 시작했다. 아홉살에 어긋난 형제가 칠십년 가까이 지나 부둥켜안고 있었다.

사촌들이 작은아버지를 둘러싸고 흐느끼며 눈물을 닦았다. 나는 유골의 온기가 근 칠십년 동안 화석처럼 굳은 작은아버지의 마음을 따스하게 녹여주기를 간절히 기도했다. 아버지로 인해 곤궁했을 사촌들의 마음도. 저만치 자기들끼리 모여 있던 아버지의 동지들이 아버지의 유골을 향해 다가오고 있었다.

*

백운산 한재는 멀었다. 구례 쪽에서 올라가는 길은 좁고 험해서 미니버스가 올라갈 수 없다고 했다. 길이 좀 낫다는 광양 백운산 자락까지 가는 데 한시간이 넘게 걸렸다. 서울대 연습림 입구에 도착한 것은 오후 세시가 조금 지나서였다. 앞의 승용차들이 이십분 넘게 꼼짝도 하지 않았다. 뒤쪽 버스에 탔던 친척들은 오분이 멀다고 찾아와 무슨 일이냐고 물었다. 전날은 집에서 잤다고 해도 이틀이나 상갓집에서 겨우 눈을 붙이고 종일 손님을 맞은 언니들은 지친 기색이 역력했다. 언니들만 해도 벌써 칠십 가까운 나이였다.

삼십분이 지났을 때 학수가 겅중겅중 뛰어오는 모습이 보였다. 학수 차가 선두, 빨치산 동지들이 탄 차가 그 뒤로 네대, 그 다음이 내가 탄 장례차였다. 차에서 내리려 하자 학수가 들어가라는 손짓을 했다.

"어이, 영정사진 안 보이게 허고, 자네는 상복 말고는 없제이?"

서울대 연습림이라 들어가는 게 쉽지 않은 모양이었다. 등산객들이 간혹 찾기는 해도 이렇게 많은 차량이 줄지어 들어가는 건 흔치 않은 일일 터였다. 게다가 남의 산에 수목장을 하려는 상황이었다. 허가받지 않고 수목장을 하는 건 불법일지도 몰랐다.

"장례차량인 것만 안 들키면 들어갈 수 있는 거야?"

"쫌더 타협을 해보고이. 쪼깨 더 지둘리라고 헐라고 온 것이여. 어매가 먼 일인가 싶으실 것 아닌가."

어머니가 차창 밖으로 얼굴을 내밀며 물었다.

"먼 일이다냐?"

어머니는 남원에서 출발할 때부터 상태가 좋지 않았다. 허리 통증이 도지는지 백운산까지 오는 내내 수시로 자세를 바꾸는 참이었다. 이 상태로 오래 버티기 힘들어 보였다. 그렇다고 어머니가 장지까지 가지 않는 것도 이상

했다.

대충의 상황을 전하자 어머니가 냉큼 말을 받았다.

"느그 애비는 펭상 숨어 댕기등만 죽어서도 숨어 댕겨야 헌다냐?"

학수의 만류에도 불구하고 나는 차 밖으로 나왔다. 트럭 한대가 다닐 정도의 비포장도로가 숲으로 구불구불 이어져 있었다.

"여기서 얼마나 더 가야 돼?"

"차로 한 삼십분이먼 갈 거네. 멀든 안 한디 비포장인디다 돌길이라 속도를 못 냉게."

나는 줄 지어 선 차를 지나쳐 산길로 들어섰다. 초입인데도 숲이 울창했다. 우리 일행들 외에는 오가는 사람도 차도 보이지 않았다. 아버지는 이곳에 묻히고 싶을까? 아무도 없이 적적하게 깊은 산속에 홀로? 아버지는 백운산에 가장 오래 있긴 했지만 이산 저산 떠돌며 48년 겨울부터 52년 봄까지 빨치산으로 살았다. 아버지의 평생을 지배했지만 아버지가 빨치산이었던 건 고작 사년뿐이었다. 고작 사년이 아버지의 평생을 옥죈 건 아버지의 신념이 대단해서라기보다 남한이 사회주의를 금기하고 한번 사회주의자였던 사람은 다시는 세상으로 복귀할 수 없도록 막았기 때문이었다. 아무것도 할 수 없는 자의 시간은 흐르지 않는다. 그래서 아버지는 고작 사년의 세월에 박제된 채 살았던 것이다. 아버지는 더 오랜 세월을 구례에서 구례 사람으로, 구례 사람의 이웃으로 살았다. 친인척이 구례에 있고, 칠십년지기 친구들이 구례에 있다. 아버지의 뿌리는 산이 아니다. 아버지의 신념은 그 뿌리에서 뻗어나간 기둥이었을 뿐이다. 기둥이 잘려도 나무는 산다. 다른 가지가 뻗어 나와 새순이 돋고 새 기둥이 된다.

나는 관리사무소 직원과 실랑이 중인 학수를 불렀다.

"여기에 안 모시고 싶어."

학수가 멀뚱멀뚱 나를 바라보았다. 뭐라고 설명해야 할까? 아직도 여순사건의 실체를 파헤치기 위해 온 마음을 쏟고, 평등한 세상을 위해 목숨을 걸었던 빨치산들을 제아버지인 양 제 돈 들여가며 모시는 학수에게. 솔직하게 말하면 학수는 나를 이해해줄까?

"아버지가 너무 외로우실 것 같아. 여기 모시면 친척들도 다시는 올 수 없을 것 같고."

잠시 생각에 잠겼던 학수가 고개를 끄덕였다.

"그건 글제. 그럼 어따 모실랑가?"

이 질문에는 솔직히 답하기로 했다.

"작은아버지가 땅을 준다고도 했는데 그것도 싫어."

"그럼 어쩔라고?"

"그냥 암 디나 뿌레삘라고."

학수의 눈이 휘둥그레졌다.

"그게 평소 아버지 생각이었어. 죽으면 썩어문드러질 몸땡이 암 디나 뿌레삘라고."

학수가 푸하하 웃음을 터뜨렸다. 어쩌면 그도 아버지로부터 그런 말을 들었을지 몰랐다.

"그거이 아부지제. 참말 아부지답네. 근디 암 디 워디?"

"아버지 자주 다니시던 데 여기저기. 반내골에도 조금."

낌새를 챘는지 저만치 박동식씨가 종종걸음으로 다가왔다. 무슨 일이냐고 묻는 그에게 솔직히 털어놓았다. 암 디나 뿌레삐리랬다는 아버지 유언에 그는 말없이 고개를 주억거렸다. 동네 머슴 동식씨는 눈치도 빨랐다.

"쩌 냥반들이 서운해 안 할랑가? 추도사도 준비허는 눈치든디."

"어르신들헌티는 관리사무소에서 안 된다고 해가꼬 워쩔 수 읎이 선산에 모신다고 허지요."

"그러소. 사춘들헌티는 나가 적당히 둘러댈라네."

아버지 말년의 친구들끼리 쿵짝이 잘 맞았다. 내가 나

설 필요도 없었다. 장군이 꿈이었던 사람답게, 동네 머슴답게, 학수와 동식씨는 일사천리로 사람들을 설득하고 지휘했다. 관리사무소에서 장례차량을 출입시킬 수 없다고 했다는 말에 다들 그럴 줄 알았다는 반응이었다. 그래도 작은아버지에게는 사실대로 말해야 할 것 같았다.

"인차 워쩔라냐?"

오랜만인지 처음인지 종일 술을 마시지 않은 작은아버지가 물었다.

"백운산이든 지리산이든 저 혼자 다니면서 좋은 자리에 묻으려구요."

작은아버지가 이번에는 순순히 받아들였다.

"홍길동이맹키 사방팔방 다니던 양반잉게 고것이 더 낫을랑가도 모르제. 니가 알아서 허그라."

뒤차부터 순차적으로 차를 돌려 산 밑 세상을 향해 달리기 시작했다. 빨치산 동지들도 늙어 힘든지 차 시간이 급한지 순순히 산을 내려갔다. 지하조직을 재건하기 위해 위장 자수를 하려고 산을 내려갔을 때 아버지도 이 풍경을 보았을 것이다. 눈을 피하자면 밤에 움직였을 것이고, 세상은 환한 불빛으로 아버지를 맞았을 것이다. 아버지는 생각했겠지. 우리가 싸워야 할 곳은 산이 아니라고. 사람

들이 불빛 아래 옹기종기 모여 밥 먹고 공부하고 사랑하
고 싸우기도 하는 저 세상이라고. 아버지라면 분명 그렇
게 생각했을 것이다. 그것이 내가 아는 아버지였다. 이제
는 싸늘하게 식은 아버지의 유골을 가슴에 품은 채 나는
자수하던 날의 아버지처럼 세상을 향했다.

                              *

  끙끙 앓기 시작한 어머니를 두고 집을 나섰다. 하릴없
이 구례를 배회하기는 참으로 오랜만이었다. 학수는 기어
이 나를 쫓아왔다.
  "아부지가 워디 워디 댕기셨능가 내가 더 잘 알아 이
사람아. 워디부터 가까?"
  "중앙교."
  중앙교는 집에서 멀지 않았다. 나의 모교이기도 했다.
구례 사람 삼분의 이는 중앙교 출신이었다. 아버지는 이
곳에서 평생의 친구들을 만났다. 아버지를 사회주의자로
이끈 것도 훗날 광주일고에 입학한 동창생이었다. 중앙교
의 일본인 교장은 아무것도 배급받지 못한 자신의 가족에

게 쌀을 선물한 아버지에게 일본의 패망이 코앞임을 알렸다. 그리고 학병을 피하라며 철도학교 가짜 졸업장을 만들어주었다. 일본인 교장의 선의가 아버지의 삶에 득이 되었는지 실이 되었는지는 알 수 없다. 철도원이 된 뒤 아버지는 노조에 가입했고 사회주의자가 되었으니까. 어차피 학병에 끌려갈 신세였다. 식민지 조선의 청년에게 장밋빛 미래 같은 건 존재하지 않았다. 선의의 결과와 상관없이 아버지는 단지 그들의 선의만을 믿었다. 불쑥 조용식이라는 이름이 떠올랐다. 아버지에게 사회주의를 전파한 청년 조용식은 입산 직후 어이없이 일찍 죽었다. 한때 아버지와 평양 유학을 꿈꾸기도 했던 친구였다.

사회주의자도 아니면서 사회주의자 제자를 끔찍이 아꼈던 소선생도 아버지는 이곳 중앙교에서 만났다. 아버지가 경기고가 아니라 철도원의 길을 택해 못내 아쉬워했다던 소선생은 훗날 아버지와 어머니를 소개했다. 덕분에 내가 태어날 수 있었다. 중앙교에서 만난 내가 모르는 인연들도 숱할 것이다. 실비집 주인 같은. 이곳의 인연들로 인해 아버지의 평생이 파란만장했고, 풍성했다.

나는 작은 봉지에 나눠 온 아버지의 유골을 한줌 집어 손을 허공으로 들어올렸다. 유골은 밀가루처럼 매끄럽지는 않았고, 만지면 뽀드득 소리가 날 것 같았다. 때마침 불어온 바람을 타고 뼛가루가 교정으로 날아갔다. 저 교정 어디선가 아버지는 첫사랑 동급생 여자애의 고무줄을 끊었다.

"안 묻고 뿌릴랑가?"

"뿌레삐리렜다니까."

학수도 움켜쥔 손을 허공에 치켜들고 가만히 주먹을 풀었다. 바람은 일정하게 불지 않았다. 아버지의 유골은 이리로도 저리로도 날아가다가 어느 순간 사라졌다. 어디로 갔는지는 바람만이 알겠지. 어디로 갔든 아버지의 유골은 어딘가 내려앉아 무언가의 거름이 될 것이었다. 문척 가는 길 양편으로 어른 키만큼 자라날 코스모스에게도 아버지의 유골이 내려앉기를.

우리는 차를 타고 반내골로 향했다. 지금은 아스팔트지만 아버지가 걸어서 중앙교 다니던 시절에는 돌투성이 신작로였다. 아버지는 매일 아침저녁 그 길을 걸어 학교에 다녔다. 섬진강에서는 배를 타고. 지금은 홍수를 피해 높다랗게 자리한 다리를 지나면서 나는 차창을 열고 유골을 한줌 흩뿌렸다. 유골은 낱낱이 흩어졌지만 내 기억은 선명해졌다.

어느 홍수 끝, 아버지와 내가 강변에 서 있다. 어릴 때 같은데 언제인지는 분명하지 않다. 누런 황톳물이 방죽을 삼킬 듯 세차게 흐르고 있다. 이번에도 아버지의 무등 위다. 황톳물에 오만 것들이 휩쓸려 내려간다. 각종 세간이며 돼지며 소까지. 사람들이 방죽 끝에 아슬아슬하게 서서 그것들을 향해 긴 간짓대를 던진다. 돼지 한마리가 가까스로 간짓대에 매달린다. 그것도 살고자. 사람들이 탄성을 지른다. 돼지는 끝내 세찬 물살을 헤쳐 나오지 못한다.

내가 비명을 지른다. 둥실둥실 떠내려가는 지붕에 누군가 매달려 있다. 아버지가 나를 내던지다시피 내려놓고는 방죽으로 내달린다. 아버지가 간짓대를 던진다. 강물은 아버지의 달음박질보다 빠르다. 그 길이로는 턱도 없다. 나는 둥실둥실 리듬을 타는 것처럼 보이는 초가지붕을, 거기 매달린 누군가를, 오래도록 보고 있다. 나는 운다. 오래도록 운다. 왜 우냐고 아버지가 묻는다. 뭐라 답했는지 기억나지 않는다. 아버지의 답만이 기억난다.

"시상 더러븐 것을 깨끔허니 치우는 것이 황톳물이여. 황톳물이 휩쓸고 지나가야 새 질이 열린당게."

섬진강은 그때에 비하면 실개천처럼 마른 상태였다. 댐

이 생긴 뒤로 물이 현저히 줄었다. 있던 길도 막혀 강물이 썩어가는 중이다. 댐이 막아도 그마저 넘는 황톳물이 언젠가는 생길 테지. 아버지의 유골이 강가 높은 바위 어딘가 딱 달라붙어 황톳물 무시무시 넘실거리는 날, 그 황톳물에 실려 새 길을 열어젖히기를.

반내골까지 가는 동안 나는 간혹 창문을 열고 아버지의 유골을 조금씩 흩뿌렸다. 이 길 어디에 아버지의 어떤 기억이 남아 있는지 모르기 때문이었다. 일제강점기 시절에 아버지는 두 짐을 지고 이 길을 따라 나무를 팔러 다녔다. 한 짐만 지면 돈이 얼마 되지 않으니 두 짐을 진 것이다. 한 짐을 저만치 가져다놓고 돌아와서 또 한 짐을 지고, 그런 방식으로 8킬로를 16킬로로 걸어서. 그러고 보니 아버지는, 옛날 사람들은, 그런 방식으로 한 어깨에 두 짐을 지고 살아왔구나. 작은아버지나 나는 유약해서, 혹은 세상이 좋아져서 한 어깨에 두 짐 못 지는 거라고, 스스로 나자빠진 것은 아닐까, 문득 그런 생각이 들었다.

반내골은 조용했다. 오후 여섯시, 다들 저녁 먹을 시간이었다. 가까운 친척들은 장례 일정에 지쳐 일찌감치 뻗었을 터였다. 서울 사람이 사놓고 어쩌다 들른다는 옛 집터와 밤밭, 미수로 끝난 가출 사건의 진원지 너럭바위, 작은아버지 집 앞, 그리고 지금은 노인정이 된, 할아버지 죽었다는 옛 정자 앞에도 아버지의 흔적을 조금씩 남겼다. 아버지가 소년처럼 첨벙거리며 뛰어다니던 개울에도. 어떤 일이든 에너지랄지 기운 같은 게 남아 저 홀로 외로워하고 있다면 부디 화해하기를 바라면서. 혈육보다 이데올로기를 택했던 아버지의 한점 영혼이 할아버지의 죽음을 목도하고 오줌을 싸며 혼절한 아홉살 작은아버지의 감당하기 어려운 쓰라림을 어루만져주길 바라면서.

학수와 나는 말없이 읍내로 돌아왔다.

"노인정으로 가."

이유도 묻지 않고 학수는 노인정으로 차를 몰았다. 집에서 멀지 않은 곳이었다. 밥때라 그런지 노인정에는 불이 꺼져 있었다. 나는 아버지가 자전거를 세워뒀을 공간에, 자전거를 끌고 걸으며 학수야 불렀을 도로에, 아버지 마음 몇점을 남겨두었다. 차는 거기 세워두고 오거리로 걸어갔다.

오거리, 구례 사람이라면 누구나 하루에도 몇번씩 오가는 길이었다. 오거리슈퍼는 당연히 영업 중이었다. 아이 말대로 이차선 도로 건너편에는 구례에 어울리지 않는 편의점이 더 화려한 조명으로 손님을 끌고 있었다. 멀리 지

리산 고봉은 이미 어둠에 잠겼고, 그 어둠이 스물스물 구
례를 향해 내려오는 중이었다. 나는 오거리슈퍼 앞에도
지나는 사람이 없는 틈을 타 유골 조금을 뿌렸다. 누군가
슈퍼 문을 열고 나왔다. 노란 머리 아이였다.

"언니 맞네. 암만 봐도 언니 같아서 나와봤는디……"

술에 취한 듯 말이 술술 나왔다.

"너도 할배 유골 뿌려볼래?"

"그거이 뭔디요?"

"할배 태우고 나온 뼛가루."

아이가 움찔하는 게 느껴졌다. 무리한 부탁이었다. 아
직 죽음조차 받아들이기 어려운 아이인데.

"안 해도 돼. 너 담배 태우다 할배 만난 데만 알려줄래?"

아이가 말없이 앞장섰다. 오거리슈퍼는 여고 바로 옆이
었고, 아버지와 아이가 처음 맞닥뜨린 곳은 그 앞, 백 미터
도 채 되지 않는 골목이었다.

"할배 말이 맞네. 예의가 없네. 학교랑 집이 코앞이구
만. 예의가 있으면 좀더 갔어야지."

아이가 피식 웃었다. 사람 하나 겨우 지나갈 만한 골목
길, 상처 입은 이주민 자손의 분노가 가득했을 그 길에 아
버지 유골을 또 조금 뿌렸다. 그리고 학수를 돌아보았다.

"담배 한개비만, 아니 두개비만 줄래?"

내가 담배 피우는지도 몰랐을 학수가 순순히 담배 두 개비를 내밀었다. 하나를 아이에게 건넸다. 아이가 쭈뼛 쭈뼛 학수 눈치를 보았다.

"아이, 나가 잡아묵냐? 눈치를 왜 본대?"

아이가 피식 웃고는 담배에 불을 붙였다. 셋은 항꾼에 담배를 피웠다. 항꾼에,라는 말이 두고두고 참 좋았다. 담배를 피우다 말고 아이가 손을 내밀었다.

"할배 뼛가루."

담배를 입에 꼬나문 채 봉지에서 유골 한줌을 집어 아이에게 건넸다. 아이도 담배를 꼬나문 채 유골을 받았다.

"아이고. 아부지가 봤으면 장허다 하겠다. 가관이그마이. 혼차 보기 아깝다야."

아빠가 뭐? 할배가 뭐? 나와 아이가 동시에 외쳤다. 아이가 꺄르르르, 처음으로 나이에 맞게 소녀다운 웃음을 터뜨렸다. 그러고는 아버지 유골을 제 머리 위로 휙 집어 던졌다. 캄캄하지 않은데 미리 밝혀진 가로등 불빛에 하얀 뼛가루가 점점이 제 존재를 드러냈다. 골목이라 담에 막힌 것인지 뼛가루는 날아가지 않고 우리 머리 위로 쏟아졌다. 셋 중 누구도 몸 어딘가 내려앉았을 뼛가루를 털

지 않았다. 아마 같은 마음이었을 것이다. 어쩐지 아버지
가 여기, 함께하는 느낌이었다. 살아 있는 우리와 향꾼에.

"또 워디 갈라냐?"

학수가 담배를 끄며 물었다. 갈 데는 많았지만 꼭 가야
할 곳은 한군데, 삼오시계방이었다. 아버지가 말년을 보
낸 곳, 이데올로기와 상관없이 언제나 아버지 옆에 있었
던 사람들.

"삼오시계방."

"거그는 차로 가자."

아이도 당연하다는 듯 우리를 따라왔다. 일곱시가 넘
은 구례는 이미 가로등 불빛뿐, 편의점을 제외한 모든 가
게가 문을 닫은 상태였다. 어둠이 내려앉기 시작한 삼오
시계방 앞 도로에 유골을 뿌렸다. 삼오시계방 아저씨 코
옆의 애기 주먹만 한 사마귀가 떠올랐다. 그 사마귀 때문
에 나는 아저씨가 싫었다. 말도 없이 좁쌀만 한 시계부품
에 코를 박고 있는 것도 싫었다. 동그랗고 조그만 시계방
아저씨의 세계, 부조리한 세계의 대안이었던 아버지의 세
계, 내가 보기에 전혀 다른 그 세계가 삼오 동창이라는 이
름으로 늘 함께했다는 것을, 나는 몰랐다. 늘 그랬듯 친하
게 지내시기를.

오거리에 차를 세웠다. 내리려던 아이가 뭔가를 보고는 내 손을 확 낚아챘다. 엉겁결에 내려 끌려간 곳은 오거리 슈퍼 맞은편, 편의점 맞은편, 오거리의 정중앙, 하동댁 가게가 있던 자리였다. 낡은 함석집은 사라지고 새 건물이 들어섰지만 삼각형 가까운 이상한 모양새는 여전했다. 아이가 손을 내밀었다. 남은 유골은 반줌도 되지 않았다. 아이는 그걸 내 손에 쥐여주었다.

　"할배가 그랬는디, 언니가 여개서 썽을 냈담서? 할배가 아줌마 궁뎅이 두들겠다고?"

　아무튼 아버지는 제 허물도 제 입으로 까는 데 선수다. 그것도 이 어린아이를 상대로.

　"그때게 할배 맴이 요상허드래. 아부지라는 거이 이런 건갑다, 산에 있을 적보담 더 무섭드래. 갱찰보담 군인보담 미군보담 더 무섭드래."

　아버지 유골을 손에 쥔 채 나는 울었다. 아버지가 만들어준 이상한 인연 둘이 말없이 내 곁을 지켰다. 그들의 그림자가 점점 길어져 나를 감쌌다. 오래 손에 쥐고 있었던 탓인지 유골이 차츰 따스해졌다. 그게 나의 아버지, 빨치산이 아닌, 빨갱이도 아닌, 나의 아버지.

'아버지의 해방일지'는 나 잘났다고 뻗대며 살아온 지난 세월에 대한 통렬한 반성이다. 나름 열심히 살았다고 자부했는데 나이 들수록 잘 산 것 같지가 않다. 나는 오만했고 이기적이었으며 그래서 당연히 실수투성이였다. 신이 나를 젊은 날로 돌려보내준다 해도 나는 거부하겠다. 오만했던 청춘의 부끄러움을 감당할 자신이 없으므로.

부끄러움을 견디며 오늘을 살 수 있는 것은 그나마 내가 반성할 줄 아는 인간인 덕분이다. 친구들은 나를 반성주의자(反省主義者) 또는 성장애주의자(成長愛主義者)라고 부른다. 반성하고 성장하는 것이 내 특기라나 뭐라나. 잘하는 것이라곤 그 둘뿐이다. 그나마라도 그럭저럭 해내고 있으니 천만다행 아닌가. 그렇게 자위하며 살았다. 돌이켜보니 거기서부터 문제였다.

유년기의 나는 매일같이 동네 초입 팽나무 아래 앉아 읍내로 뻗어 있는 신작로를 보았다. 그 너머의 세상을 상상하며. 성장기의 나는 먼 데서 기적이 울릴 때마다 그 기차가 가닿을 서울을 꿈꾸었다. 지금보다 더 멀리 더 높이. 그렇게 동동거리며 조바심치며 살다가 알게 되었다. 빨치산의 딸이므로 더 멀리 더 높이 나아갈 수 없다는 것을. 나의 비극은 내 부모가 빨치산이라서 시작된 게 아니었다. 더 멀리 더 높이 나아가고 싶다는 욕망 자체가 내 비극의 출발이었다.

쉰 넘어서야 깨닫고 있다. 더 멀리 더 높이 나아가지 않아도 된다는 것을. 행복도 아름다움도 거기 있지 않다는 것을. 성장하고자 하는 욕망이 오히려 성장을 막았다는 것을.

고향에 돌아오니 서울서 보이지 않던 아름다움 천지다. 섬진강변의 벚꽃길, 반야봉의 낙조, 노고단의 운해만 아름다운 게 아니다. 벚꽃은 정 없어 싫고 산수유는 속 없어 싫다는 동네 할매, 필요 없다고 해도 밥을 묵어야 힘이 난다며 기어이 가져다주는 식당 주인, 심지어는 먹도 못할 억센 나물을 삶으면 부드럽다고 뻥쳐서 파는 장터 할매, 주방에서 가장 먼 안쪽 테이블에 앉았더니 사람도 없는데

가차이 앉으라고 호통치는 식당 아줌마(알고 보니 그이는 관절염이 심했다)까지, 이곳엔 사람 냄새 넘치는 사람이 그득하다. 오죽하면 할매가 뼁을 치겠는가. 다 먹고살자고 하는 짓이다. 급하면 뼁도 치고 호통도 치는 것이 사람 아닌가.

사램이 오죽하면 글겄냐. 아버지 십팔번이었다. 그 말 받아들이고 보니 세상이 이리 아름답다. 진작 아버지 말 들을 걸 그랬다.

아버지. 아버지 딸, 참 오래도 잘못 살았습니다. 그래도 뭐, 환갑 전에 알기는 했으니 쭉 모르는 것보다는 낫겠지요? 딸을 대장부의 몸으로 낳아주신 것도, 하의 상의 인물로 낳아주신 것도 다 이해할 터이니 그간의 오만을, 무례를, 어리석음을 너그러이 용서하시길…… 감사합니다, 아버지. 애기도 하는 이 쉬운 말을 환갑 목전에 두고 아버지 가고 난 이제야 합니다. 어쩌겠어요? 그게 아버지 딸인걸. 이 못난 딸이 이 책을 아버지께 바칩니다.

정지아